AF508866

Luis Porro

El armario escarlata

Primera edición, revisada y actualizada, en este formato: enero de 2025

Diseño: Ward 81

Imagen de portada: Redon, Odilon. (Fecha desconocida). Le monstre (Óleo sobre tela). Colección privada. Bajo licencia de Creative Commons.

Tipografías utilizadas: familias Garamond, Georgia, Needleteeth y Breamcatcher.

ISBN: 978-84-09-27248-8
DEPÓSITO LEGAL: M-3085-2025

Toda la tinta utilizada para la producción de este libro ha sido destilada a partir de las lágrimas producidas por Harvey Bonobo, el mono más llorón de la Sala 81.

Para mi hermana Jose

El armario escarlata

Banda sonora disponible en Spotify / Ward 81 Madrid

…Come taste this lunacy
Be blinded by the green faerie
Creeping out of your glass
Into your mind
Then you can really see
I can take all of your fears
Transform the way you feel
Welcome to the spirit world
Where all your dreams are real

If you want to take a chance
Seduction's in a glass
Taking you to another place

As the evening starts to crawl
Dark shadows on the walls
Are dancing and inviting you
To come and taste it all
I can take all of your fears
Transform the way you feel
Welcome to the spirit world
Where all your dreams are real…

…And now our trip to wonderland
Has finally come to an end
And if you're not completely mad…
I will be your best friend

The Damned, *Absinthe*

Índice

I

El hombre alto

Acércate y escúchame. Deja que te dé un consejo.

Nunca vayas a esa calle de la que nadie habla, porque te digo que allí es por donde pasea el hombre alto.

Pero si alguna vez vas a esa calle y ves al hombre alto, no lo sigas.

Y si lo sigues, cierra los ojos y no lo mires.

Y si lo miras, tápate los oídos y no lo escuches.

Y si lo escuchas, hazme caso y no aceptes su invitación.

No entres con él en esa casa al final de la calle de la que nadie habla.

Y no subas esas escaleras.

Y no atravieses ese pasillo.

No cruces esa puerta que brilla al final de la oscuridad.

Porque dicen que en el centro de esa habitación hay un árbol donde antes solamente había una semilla negra, y que la corteza del árbol es una piel de serpiente y que de su corazón brota una rama y que del extremo de esa rama pende una manzana que es de oro oscuro. Y una vez la hayas contemplado no habrá otra cosa en el mundo que desees más que esa manzana, y el hombre alto ya te habrá reconocido y conocerá todos tus deseos y te sonreirá y arrancará la manzana y la partirá en dos mitades y las colocará frente a ti y susurrará:

"Es tuya, lee cuanto quieras."

Y la puerta de la habitación se cerrará y el hombre alto volverá a sonreír y te dirá que es cierto, que fue la curiosidad la que mató al gato, y para entonces tus nueve vidas no serán más que otra historia de nueve palabras atrapada entre las páginas doradas de esa manzana. Y el hombre alto recogerá la manzana y la cerrará y volverá a colocarla en el extremo de la rama.

Y abandonará la habitación y atravesará ese pasillo.

Y bajará esas escaleras.

Y cruzará la puerta de la casa y volverá a pasear sobre todas esas hojas muertas que cubren las grietas del empedrado de la calle de la que nadie habla.

Y caminará sin prisa, como lo hace ahora, cautivado por la noche y su vacío. Esperándote.

Porque sabe que no ha de pasar mucho tiempo hasta que tú también te aparezcas frente el resplandor que asoma irresistible desde cada una de las trece ventanas torcidas de la casa al final de la calle.

Porque quizá no deberías haberte acercado a mí. No deberías haberme escuchado. Porque ya sabes lo que dicen, habla del Diablo y podrás escuchar el crujido de sus huesos a tu espalda, y eso ya no lo puedes parar.

Pero hasta entonces, hasta que cruces la puerta y subas las escaleras y atravieses el pasillo y acompañes al hombre alto hasta el centro de la habitación de esa casa al final de la calle de la que nadie se atreve a hablar, toma estas páginas, son tuyas, lee cuanto quieras.

II

El armario escarlata

1

Hace apenas unos días que llegué a esta ciudad. Me he separado recientemente de mi mujer, y, por primera vez en lo que ahora me parece una eternidad, estoy completamente solo. Mis pocos amigos, lo que queda de mi familia, se encuentran a miles de kilómetros de distancia de aquí, en otro continente.

No conozco a nadie en Madrid. El que era mi único contacto en España, mi buen amigo, el investigador Luis Porro, desapareció el año pasado durante una expedición a la isla francesa de Guadalupe organizada por la filántropa veneciana M. G. P. que exploraba aquella jungla en busca de un misterioso artefacto del que prefiero no hablar, y si elegí Madrid por encima de otras capitales, fue precisamente buscando esta soledad, el aislamiento o el anonimato; necesitaba, como se dice, empezar de cero. Hace solamente unos meses estaba convencido de que mi destino era el de ser el hombre más desdichado del mundo. Mi matrimonio con Hilda, una mujer a la que nunca he amado y a la que vagamente toleraba desde mucho tiempo antes de que nos casásemos, había resultado el desastre que todo el mundo había previsto, y cada una de aquellas horas de tedio extraordinario en la oficina de contabilidad de su padre era otro clavo sobre la tapa del ataúd en el que se había convertido mi vida; la compañía de nuestros amigos me hastiaba y detestaba el letargo incesante de la ciudad en la que vivía, y, sin embargo, estaba seguro de que para mí no existía otro camino, que no había un plan alternativo al de aferrarme con fuerza a aquella vida miserable y dejar que tirase de mí hacia donde quisiera. Y entonces Hilda despertó una mañana cansada de tirar de mí y con la necesidad de confesarme que no solo encontraba mi presencia insidiosa y repulsiva, sino que, además, había decidido abandonarme para marchase a vivir con su alma gemela, el traidor de Nathan Belinsky, mi *mejor amigo*.

Y sin perder el tiempo, debía de aborrecerme mucho, Hilda atravesó la puerta de nuestro dormitorio una última vez y se llevó con ella mi vida o lo poco que yo había significado hasta entonces, dejándome solo, a merced de aquel vacío inesperado que pronto habría de empezar a rellenar de planes alternativos. Aquel abandono me mostró el cartel de salida, y la indolencia, todos los miedos que había hecho tan míos como el color de mis ojos, también me dejaron atrás para marcharse con Hilda, y me sentí de pronto tan ligero, tan optimista, tan impaciente mientras hacía planes para esta nueva vida tan lejos de aquella que nunca fue mía.

2

No tardé demasiado tiempo en encontrar el apartamento. Había contratado la búsqueda de alojamiento desde mi país, y de todas las opciones que la agencia inmobiliaria me presentó nada más llegar a Madrid, esta fue, con mucho, la mejor. Era prácticamente perfecto: céntrico, moderno, y no demasiado caro. El edificio acababa de ser rehabilitado y la nueva propiedad se las había arreglado para armonizar el encanto decimonónico del edificio con el tipo de servicios y el confort que uno espera encontrar en una capital europea en el siglo veintiuno. Aunque las medidas del apartamento no fuesen excepcionales, acomodaban de sobra a una persona sola, y mis modestísimas reservas se refirieron únicamente a la práctica desocupación del edificio, solamente otro apartamento, en el segundo piso, estaba habitado, y a la insólita temperatura del dormitorio, que parecía estar varios grados por debajo del resto de las habitaciones. Ninguno de aquellos dos inconvenientes me parecieron razón suficiente para rechazarlo; confiaba en que el resto de viviendas se ocupasen relativamente pronto, y achaqué el problema de temperatura a una deficiente instalación de fontanería que no sería difícil de reparar. Firmé el contrato de alquiler allí mismo, llamé al hotel en el que me había hospedado la noche anterior para que enviasen el equipaje a mi nuevo hogar, y con una agradable sensación de alivio, como si efectivamente acabase de cruzar aquella puerta de salida, sintiendo que al fin empezaba a echar a caminar hacia lo que había de ser otro comienzo, me desnudé, me metí en la cama, y respiré saboreando cada gota de aquel aire extraño de mi nueva vida hasta que, apenas unos minutos después, me quedé dormido.

Las pesadillas comanzaron aquella misma noche.

No eran todavía las doce cuando un susurro desabrido me despertó. Era el eco distante de la voz de un hombre que parecía aproximarse desde todas partes, el larguísimo gemido de la garganta húmeda de un viejo que, poco a poco, fue transformándose en una melodía monótona, obsesiva, en una especie de letanía de nombres ininteligibles. Entonces, y cuando aquella oración blasfema estuvo tan cerca de mí que pensé que iba a tocarme, sus nombres se diseminaron por todo el espacio del dormitorio para confundirse con un murmullo púrpura que descendía sobre la cama como una niebla, el oleaje blando de un cosmos líquido que se derramaba hacia las cuatro paredes de la habitación desde un gran agujero abierto en alguna parte del techo. Y pude sentir como una parte de aquel mar infinito se concentraba a mi alrededor y me vigilaba y me contenía mientras las vísceras palpitantes que eran sus corrientes arrastraban una sombra con ellas, el espectro de un pensamiento atroz que se hacía piel y se hacía carne a medida que se movía más y más cerca de esta orilla. Y entonces sentí sus brazos helados reptando y resbalando sobre los míos, asfixiándome, penetrándome y abriéndose paso a través de la piel y de los huesos, desbordándose hasta que el océano entero estuvo dentro de mí, un rugido remoto, una enfermedad crepitante que tiraba de mí hacia lo más profundo, hacia la oscuridad recóndita que acababa de abrirse en mi centro, lejos, al otro lado de los márgenes del tiempo y del espacio...

Desperté, y aunque todavía me pareciese estar oyendo el eco tan cercano de todos aquellos nombres, a pesar de que mi cuerpo se doliese como si, efectivamente, acabase de escapar del abrazo terrible de unos gigantescos tentáculos, estaba seguro de haber regresado a este lado; es lo que quería creer, que lo que acababa de experimentar no había sido más que un mal sueño. Y cuando comencé a recobrar el aliento y descansaba en ese agradable estado de duermevela que a menudo sucede a los sueños más extraños, y como si aquella visión se esforzase para no dejarme escapar, una puerta se abrió con estrépito en alguna parte, las puertas de madera de una habitación o de un armario grande, y enseguida, aún sobrecogido por la brutalidad de aquellos primeros golpes, oí como un bulto pesado se desplomaba contra el suelo del piso de arriba, contra el techo de mi dormitorio.

La habitación entera se estremeció como asustada, e inmediatamente sentí como algo se esforzaba en empujar o arrastrar hacia el otro extremo de la estancia lo que fuese que acababa de caer al suelo. No escuché pasos, tampoco voces o cualquier otro signo de presencia humana, pero tenía que pensar que alguien lo estaba moviendo y que no era aquella misma deformidad la que se impulsaba por propia iniciativa, deslizándose lenta, dolorosamente, justo por encima de mi cama, reptando de derecha a izquierda hacia el lugar en el que debería de haber una puerta. Y cuando al fin alcanzó ese lado de la habitación y tras unos segundos de vacío durante los cuales la noche entera guardó silencio, alguien, algo, comenzó a arañar y a arañar y a arañar la pared frenéticamente. Como solía hacer cuando era niño, tiré de las sábanas hacia arriba para cubrirme la cara. Estaba aterrorizado. Cerré los ojos, podía sentir como una multitud de uñas desgarraban la arcilla de la pared, docenas de miembros articulados que se agitaban cada vez más rápido, como si aquel cuerpo no fuese otra cosa que un gigantesco enjambre de polillas que compartiesen una misma mente, y lo que oí poco más tarde no se diferenciaba demasiado del sonido que harían unos tentáculos al resbalar sobre otros tentáculos, al embestir contra una pared, y cómo detesté aquel jadeo ominoso que lo acompañaba, su gemido terrible, la onda espectral de cólera que atravesó el techo, como si el pensamiento abominable que habitaba aquella oscuridad, se acabase de girar para contemplarme desde allí arriba.

3

Sé cómo debe sonar todo esto, estoy seguro de que yo mismo tacharía de necio o de loco a cualquiera que tuviese la osadía de compartir conmigo una confesión de esta especie, y, sin embargo, yo no estoy loco, al menos no lo estoy todavía, y el episodio que acabo de relatar ha ocurrido tal y como lo he descrito, siempre de esta misma manera, todas y cada una de las últimas cuatro noches, y permítanme que les adelante que lo que se me ha revelado desde entonces, el secreto extraordinario que estas pesadillas han desenterrado, les parecerá mucho más grotesco que cualquier cosa que haya podido contarles hasta ahora.

4

Como acabo de referirles, fue aquella misma noche de mi llegada al apartamento cuando la pesadilla apareció por primera vez. No le di importancia, y a pesar del realismo de aquella alucinación y del acerado terror que me ocupó el resto de la noche, dediqué la mañana siguiente a burlarme de mí mismo, de mi miedo. Lo que había experimentado había sido, naturalmente, eso que los científicos del sueño llaman, un 'sueño paradójico', un tipo de sueño especialmente terrorífico durante el cual el sujeto es completamente incapaz de juzgar si aquello que está percibiendo es real o imaginado, de modo que sin que pueda reparar en lo excepcional de los fenómenos que está experimentando, y por dolorosos o espeluznantes que estos sean, dará por hecho que son ciertos. Estos sueños paradójicos son relativamente frecuentes en personas que acumulan un elevado nivel de tensión o de ansiedad, y me pareció perfectamente posible que aquellas pavorosas representaciones nocturnas no fuesen otra cosa que una estrategia de mi consciencia para deshacerse de los restos de aquella afección espiritual que había sufrido hasta hacía tan poco tiempo. No era de extrañar, pensé, que algunas personas llegasen a morir de terror durante el sueño; incluso a aquella hora de la mañana, en un salón infestado por la suave luz turquesa de Madrid, rodeado de las músicas estridentes del centro de la ciudad, el recuerdo, tan vívido, de lo que había soñado hacía unas pocas horas, aún me sobrecogía.

5

Aquel sueño reapareció la segunda noche, y, como ya he contado, volví a soñar exactamente lo mismo durante la tercera de mis noches en el apartamento. No me sentía capaz de soportarlo durante más tiempo; la perspectiva de pasar otra noche entera aterrorizado, sin dormir, me atormentaba. Ya no albergaba ninguna duda, los golpes y los crujidos, aquellos terribles lamentos que descendían cada noche sobre mi dormitorio, eran genuinos, y atribuí la aparición de aquella pesadilla que los precedía a algún tipo de mecanismo cerebral encargado de traducir aquel estruendo a una sucesión de ensoñaciones, de sonidos y de imágenes cuya misión fuese la de mantenerme dormido. La cuarta noche, esperé a que aquella maldita puerta se abriese en el piso de arriba, y, en cuanto lo hizo, salí de la cama, y me dirigí al vestíbulo.

La luz espectral del portal empapó las escaleras de una electricidad ocre que apenas alcanzaba a iluminar los primeros escalones del tramo que conducía al cuarto piso. Aquella parte del edificio, la que quedaba por encima de mi planta, era la única que no había sido reformada y la corriente eléctrica no llegaba hasta allí arriba. El aspecto del conjunto resultaba inquietante; paredes sucias y desconchadas, la madera vieja de los peldaños, el brillo siniestro de aquellas bombillas muertas que colgaban, como ahorcados, de las paredes. Cuando había interrogado al agente de la inmobiliaria acerca de aquel abandono tan desagradable, este me explicó que hacía meses que el propietario del apartamento que ocupaba la totalidad del cuarto piso se encontraba desaparecido. La nueva propiedad había tratado, sin éxito, de localizar a algún familiar o heredero del propietario, y al no haber logrado alcanzar ningún acuerdo se había desentendido de la rehabilitación de aquella zona del inmueble. Mecánicamente, volví a presionar el interruptor y empecé a caminar.

Como si la sola idea de aquello que iba a encontrar en aquel apartamento la intimidase, el bullicio inagotable de esta ciudad que no sabe de días y de noches comenzó a desvanecerse a medida que yo ascendía sobre aquellos escalones decrépitos, y a la vez que la ciudad se alejaba de mí y la iluminación de la escalera era cada vez más exigua, el abyecto zumbido que escapaba desde aquella puerta que ya casi podía tocar con los dedos pareció tomar posesión de la atmósfera, un larguísimo sollozo, terrible, lacerante, que mudó en algo parecido a una carcajada depravada en el mismo momento en el que, ya prácticamente a oscuras, me colocaba frente a la entrada. Y entonces la puerta comenzó a temblar y temí que lo que quiera que estuviese detrás de ella la echase abajo. Dios mío, aquellos furiosos gemidos de dolor, el jadeo distante que me llamaba por mi nombre… Abre la puerta, Caleb, abre la puerta… La luz del portal se apagó y aquel llanto cesó repentinamente, escondido, agazapado detrás de la oscuridad. Y me encontré atrapado en el fondo de aquel silencio absoluto, aterrorizado, no era capaz de moverme, suspendido en el fluido fantasma que empezaba a desbordarse desde el cerco de la puerta, una viscosidad inteligente que reptaba a mi alrededor y que me atravesaba a través del estómago, hablándome, gritándome desde dentro, Caleb, abre la puerta, abre la puerta, Caleb, ABRE LA PUERTA, y abrí la mano y tiré de mi brazo hacia fuera y mis dedos rozaron aquella madera, y el fluido me asfixiaba y me empujaba hacia adelante. Abre la puerta. Coloqué las dos manos sobre el pomo y sentí como aquella esencia rojiza con la que había soñado tantas veces entraba como una tormenta en mi boca, y mi voluntad fue la suya y sus ojos fueron los míos, y mis dedos se alargaron y se reblandecieron y trepidaron sobre la superficie de la puerta hasta ajustarse sobre la herrumbre del pomo, y apreté los dientes y tensé los brazos y la espalda para hacer un primer envite…

La puerta del portal se abrió abruptamente y la luz palpitó unos instantes antes de encenderse definitivamente allí abajo. Una pareja irrumpía a trompicones en el vestíbulo de la planta baja, riendo y hablando en voz alta, y la ciudad entera regresaba para entrar con ellos. Aquel fluido que me sostenía se estremeció violentamente y sentí como mi alma era liberada y volvía a caer dentro de mí al tiempo que aquella voluntad extraña empujaba con furia hacia fuera y salía de mí como un aullido elemental que conmovía toda la oscuridad a mi alrededor. Y entonces ya no hubo más que sirenas y tráfico y conversaciones en voz alta y electricidad y lluvia nocturna sobre el asfalto, y los dos borrachos reían ajenos a todo, tratando de acertar con una llave dentro de alguna cerradura, concentrados en no perder las riendas de su propia noche, y yo nunca había sido tan feliz como al escuchar aquellas risas de borracho.

Perdí el equilibrio, cuando aquella voluntad me dejó marchar, caí al suelo, y, sin llegar a incorporarme del todo, me lancé hacia las escaleras. Ni siquiera recuerdo cómo conseguí bajarlas.

Cuando llegué hasta mi apartamento estaba cubierto de rasguños y de magulladuras. ¿Qué diablos había hecho? ¿Qué pretendía encontrar allí arriba? A pesar de haber pasado todas aquellas noches sin dormir, de haber experimentado aquel horror incomprensible hacía solo unos minutos, ahora me sentía mucho más lúcido y no conseguía entender qué me había llevado a subir hasta el cuarto piso en aquellas condiciones, por qué no lo había hecho por la mañana o por qué no había contactado con la agencia inmobiliaria en vez de haber actuado de aquella manera tan poco característica en mí... O es que, especulé, aquello había sido su plan desde el principio y mis pesadillas no habían sido otra cosa que una llamada, algún tipo de hechizo que había de concluir con lo que fuera que había empezado a suceder aquella noche y que solo la afortunada intervención de mis desconocidos vecinos había logrado detener... Un disparate, aquella idea era, por supuesto, una locura, pero acababa de ver cómo los dedos de mis manos se deshacían para comportarse como repugnantes tentáculos y nada podía parecerme imposible en aquel momento. No regresé al dormitorio, no tuve el valor de hacerlo. Descorrí las cortinas y abrí los tres grandes ventanales del salón para que entrase el aire fresco que acompañaba a la lluvia, me tumbé sobre el sofá, y, para variar, dormí a pierna suelta durante el resto de la noche.

6

Mi vecino resultó ser un tipo bastante anodino, nada que ver con lo que había imaginado a tenor de las risas ebrias de la noche anterior. Me recibió en calzoncillos, vistiendo una ridícula camiseta de Burzum que parecía estar fuera de lugar en un hombre que ya pasaba de los treinta. Cruzó los brazos con fastidio nada más verme, me echó un largo vistazo cargado de desdén, y confirmó lo mucho que le irritaba mi aparición frente a su apartamento echándose sobre el marco de la puerta.

No me invitó a pasar, de modo que permanecí en el rellano de las escaleras mientras hablábamos.

Me presenté como el nuevo vecino, y, sin más preámbulos, pasé a preguntarle acerca del estado de la vivienda en el cuarto piso, si había escuchado aquellos ruidos alguna vez, por sus propietarios, si los había conocido o poseía alguna información sobre ellos.

"Sí, claro que lo conozco… De hecho, el portugués era lo más parecido a un amigo que mi padre tenía," contestó, con un tono insípido, sin apenas moverse, dejando claro que aquel interrogatorio le aburría. Y, sin embargo, preguntó. "Dígame, ¿cómo son esos ruidos de los que habla?"

Me precipité a describirle el infierno que había experimentado durante aquellas cuatro noches, tratando de no parecer un completo chiflado, evitando las partes más extrañas y concentrándome en los detalles de cada uno de aquellos confusos sonidos que me habían torturado, y me pareció que entonces empezaba a seguirme con atención, y que, paradójicamente, eran precisamente las partes más inverosímiles, los detalles más grotescos, los que parecían concentrar el interés de mi vecino por mi historia.

"Mire…" me interrogó con la mirada…

"Caleb, Caleb Osterberg," le ofrecí la mano. Nos saludamos.

"Mire, señor Osterberg, no pretendo ser descortés, pero tengo compañía…" giró la cabeza hacia el interior del apartamento. "Sin embargo, me gustaría hablar con usted; además, poseo un objeto que quizá pueda interesarle. Si le parece bien, pasaré por su casa alrededor de las cuatro."

"Claro, allí estaré; se lo agradezco mucho, señor…" y repetí el gesto que él me había dedicado hacía unos segundos. Casi sonrió.

"Disculpe, mi nombre es Roberto Zimmerman. Le veo a las cuatro."

7

Zimmerman tocó el timbre de la puerta a las cuatro en punto.

"Tenga, esto le va a gustar," dijo, tendiéndome un cuaderno que rebosaba de páginas viejas.

Entró y echó un vistazo alrededor del salón, deteniéndose, especialmente, en los techos. Se dejó caer sobre el sillón. Vestía de una manera parecida a como lo había hecho por la mañana, aunque agradecí que, al menos, se hubiese puesto unos pantalones.

"¿Le gustaría ver el dormitorio?" pregunté mientras hojeaba el cuaderno sin prestarle atención.

"No entraría en ese dormitorio por nada del mundo, señor Osterberg, y, si me lo permite, creo que usted tampoco debería hacerlo..." hizo una pausa dramática, sostuvo su mirada sobre la mía, y continuó hablando. "No tengo mucho tiempo. Haga café para los dos, a mí me gusta más bien cargado, y venga a sentarse," dio dos antipáticas palmadas sobre la superficie del sofá. "Lo que voy a contarle le va a encantar, estoy seguro." Echó la espalda hacia atrás, cruzó las piernas, y, sin dejar de mirarme a los ojos, retorció los labios para ensayar una especie de mueca burlona.

8

El nombre del propietario del apartamento en el cuarto piso era Joaquim Gouveia. El portugués era uno de los cuatro vecinos que habían habitado el edificio antes de que este fuese comprado por el fondo de inversión. Roberto Zimmerman era el único de aquellos que había decidido seguir residiendo en el inmueble después de las obras de rehabilitación. Gouveia, adelantó Zimmerman al tiempo que soplaba y resoplaba enardecido sobre su café, era un hombre extraordinariamente anciano, un viejo esquivo y arisco del que nadie conocía gran cosa. Que él supiese, solo había una persona con la que Gouveia había mantenido algo parecido a una relación de confianza, y, por suerte, aquella persona era David Zimmerman, su padre.

Zimmerman se incorporó, se sirvió dos terrones de azúcar, removió el café, y lo bebió de un solo trago. Eructó, pasó los dedos por la comisura de los labios, y volvió a caer sobre la espalda.

"El bueno de Joaquim era un tipo verdaderamente extraño," dijo. "Raramente abandonaba ese piso, y nunca he llegado a saber a qué se dedicaba para ganarse la vida. Mi padre tampoco hablaba demasiado de él, como si aquella extraña relación que mantenían los dos incluyese la salvaguarda de algún tipo de secreto…"

"Y doy por hecho, señor Zimmerman, que ese secreto del que habla aparecerá de alguna manera en estas notas y que todo esto tiene algo que ver con ese estrépito nocturno del que le he hablado…" contesté, impaciente, colocando una mano sobre el cuaderno que descansaba sobre la mesa.

"Todo a su tiempo, señor Osterberg; todo a su tiempo," me interrumpió. "Hágame otro café, es exquisito, parece portugués…" sonrió con malicia. "Prometo contarle todo lo que sé." Y, por tercera vez, Zimmerman volvió a sonreír de aquella manera tan detestable.

9

Joaquim Gouveia llegó a Madrid desde Lisboa en

el mes de noviembre del año mil novecientos treinta y cinco, y, desde entonces, siempre había ocupado aquella vivienda en la cuarta planta del número uno de la calle Colón. Teniendo en cuenta que, según su propio relato, Gouveia superaba los cuarenta años de edad cuando llegó a la ciudad, la edad del portugués el día de su desaparición tendría que haber sido de más de ciento cuarenta años… Zimmerman, que había crecido en este mismo edificio, había visto al anciano solo unas pocas veces y, hasta hacía unos meses, hasta aquella noche misteriosa de la que se disponía a hablarme, jamás había visitado su apartamento.

"Gouveia apenas abandonaba su vivienda; era muy raro que saliese a la calle. Como le decía, sigo ignorando cómo se las arreglaba para vivir… Gouveia era un investigador de lo olvidado, un buscador del conocimiento más antiguo; eso era el viejo, según mi padre, nunca llegué a comprender qué demonios quería decir con aquello, y, aún peor, escuche esto, un estudioso de la mitología de Azathoth y de su mensajero, el Caos Reptante, de los Exteriores, de Hastur y de los Antiguos, de los que ya eran ancianos mucho antes de que nosotros, como especie, apareciésemos en el cosmos…" Zimmerman rio. "Como ve, lo aprendí de memoria…"

Se detuvo por un instante, cautivado o impresionado por aquella extraña sonoridad de los nombres que acababa de pronunciar. Había abandonado aquella actitud arrogante y se concentraba en la pronunciación de cada una de aquellas palabras, de cada uno de aquellos retorcidos sonidos que articulaba con meticulosidad, como si tratase de que yo comprendiera lo que él mismo no había sido capaz de entender, como si ansiase que yo descubriese lo antes posible que el asunto que había dado comienzo mi primera noche en aquel mismo apartamento era mucho más grave de lo que había podido imaginar, y, por primera vez, tuve la impresión de que aquel hombre quería ayudarme.

"Recuerdo verlos por aquí desde siempre, en esta calle, dentro del edificio…" continuó. "Aquellos hombrecillos de ojos blandos y vidriosos, tan inexpresivos como los de un anfibio, sus cráneos lisos y alargados, su piel húmeda y verdosa, sudaban constantemente, cojeando escaleras arriba cargados de libros y papeles viejos, de bolsas y de paquetes que, presumía, contenían provisiones para el viejo; siempre tan abrigados, incluso en verano, que, fíjese, yo pensaba que eran también portugueses…" sonrió con melancolía. "Imaginaba que los portugueses eran de aquella manera, frioleros, todos calvos y chepudos, aquella manera de saludar, croando más que hablando, y me parecía lo más natural del mundo que visitasen tan a menudo a aquel compatriota suyo que habitaba allí arriba."

Pero la fascinación de Zimmerman por aquellas criaturas trocó en temor o recelo tan pronto como estas empezaron a visitar su propio apartamento. No eran frecuentes, aquellas visitas, una cada dos o tres meses, pero cada vez que alguno de aquellos hombres llamaba a su puerta, su padre, un argentino severo y fornido que trabajaba como camarero en algún bar de carretera, empezaba a temblar de arriba abajo y, nervioso, visiblemente agitado, empujaba a su hijo hasta el dormitorio y lo encerraba allí hasta que los portugueses se hubiesen marchado, y, desde allí, el pequeño Roberto Zimmerman, pegado a la pared, escuchaba el rumor de aquellas conversaciones en voz baja, los gruñidos crepitantes de los invitados, hablando casi siempre en algo parecido al castellano, otras veces en una lengua extranjera que su padre parecía comprender y cuyos sonidos repugnaban a aquel niño de manera instintiva, y cuando Roberto abandonaba su refugio para regresar al salón, los encontraba esparcidos sobre la mesa, las cubiertas revestidas de signos herméticos y los títulos ininteligibles, aquellas ilustraciones perturbadoras; y su padre, abstraído, la expresión atormentada de su rostro mientras abría las ventanas para que la casa se aliviase del olor nauseabundo que siempre acompañaba a aquellos hombres.

"…Y, entonces, mi padre ordenaba toda aquella documentación y él mismo se encargaba de trasladarla hasta el cuarto piso, obligado, por motivos de los que nunca supe, por aquellos hombres. Una de aquellas tardes vino a visitarnos aquel hombre, un caballero de raza negra, espigado, era altísimo, vestido con una pesada túnica amarilla… No llegó a llamar a la puerta, de alguna manera se las arregló para introducirse en nuestro apartamento antes de que mi padre pudiese esconderme.

Y recuerdo la mirada triste de mi padre, tan solo en el centro del salón, y como esa vez fue aquel hombre el que me cogió de la mano, todavía puedo sentir su tacto desagradable, y sin llegar a pronunciar una palabra me condujo hasta mi refugio para protegerme de sí mismo o para torturar a mi padre, para demostrarle cuán diferentes eran sus dos posiciones. Ignoro qué tipo de instrucción o de amenaza recibió mi padre aquella tarde, pero fue a partir de la visita del hombre de la túnica amarilla cuando mi padre empezó a relacionarse de una manera más estrecha con Joaquim Gouveia. Ya no se trataba del simple traslado de libros o de enseres hasta allí arriba, sino de algo mucho más profundo."

Con el paso de los meses, David Zimmerman empezó a pasar más tiempo con Gouveia, días enteros en aquel apartamento, estudiando con el portugués el contenido de aquellos textos antiguos, el libro sumerio de los muertos, las crónicas de Akasha o las traducciones prohibidas de Olaus Wormius, y cada vez parecía más ensimismado, obsesionado de una manera enfermiza por lo que fuera que estaba sucediendo en el cuarto piso. David Zimmerman terminó abandonando su empleo en el bar, y cada vez pasaba más días lejos de casa, fuera de Madrid, incluso. Las pocas noches que regresaba para dormir en su cama, hablaba en sueños, a veces en aquella lengua de sonidos aborrecibles que el joven Zimmerman había oído tantas veces desde su dormitorio y que no habían sido concebidos para ser emitidos desde una laringe humana, le parecía imposible que la garganta de su padre no se hubiese desgarrado al pronunciarlos, y en aquellos sueños su padre habló de Dagón y de la madre Hidra, y de Umr At-Tawil y la Última Puerta y de las llaves de plata de Yog-Sothoth… Hace ya diez años que David Zimmerman abandonó Madrid para establecerse definitivamente en algún lugar de la costa atlántica, donde…

"…Pero eso es otra historia, señor Osterberg," dijo Zimmerman. "Disculpe este arrebato, al fin y al cabo, estamos hablando de mi padre."

"No se preocupe, señor Zimmerman, lo comprendo perfectamente," contesté, aunque no hubiese sido capaz de entender la mitad de todo aquello que me había contado, mucho menos la relación de aquel universo disparatado y de aquellos nombres excéntricos, Azathoth, Dagón, Yog-Sothoth, de aquellos visitantes exóticos de formas anfibias, conmigo o con mi problema, y, como cualquiera hubiese hecho en mi lugar, temí que mi vecino estuviese pasando un buen rato a mi costa.

"Lo dudo mucho, señor Osterberg; dudo que lo comprenda, al menos, todavía…" interrumpió Zimmerman al tiempo que se echaba súbitamente hacia delante para colocar su cara a pocos centímetros de la mía. "Pero, déjeme continuar, porque no he subido para hablar de mi padre, sino de este objeto…" señaló al cuaderno, "y de estas llaves." Rebuscó en los bolsillos y extrajo dos llaves pequeñas. Una era la llave de la puerta de un apartamento, y la otra, diminuta, lo que sería la llave

de un armario o de un cajón. "Joaquim Gouveia
abandonó esos papeles y estas dos llaves frente a mi
puerta. Lo hizo pocas horas antes de desaparecer."

10

Fue Ophelia Queiroz, la mujer que vivía en el que
ahora es mi apartamento, la que llamó a la policía aquella
noche. Zimmerman lo había escuchado todo, los chillidos
y los golpes de los muebles destrozados contra las
paredes, el gruñido inconfundible de un hombre que
agonizaba defendiéndose de algún tipo de ataque
monstruoso, el eco abominable de aquella secuencia de
palabras malditas, …Yog-Sothoth conoce la puerta, Yog-
Sothoth es la puerta…, pero estaba paralizado por el
pánico, tan asustado que solo pudo correr para
esconderse en la misma habitación en la que su padre lo
había encerrado tantas veces para protegerle de las
intenciones de sus visitantes. Desde allí pudo oír cómo la
policía trataba de tirar la puerta abajo varias veces y cómo
todos aquellos esfuerzos eran en vano. Y entonces
Zimmerman se acordó de las dos llaves y entendió cuál
había sido el propósito del anciano al confiárselas aquella
misma mañana.

Lo que encontraron allí dentro superaba, con
mucho, cualquier atrocidad para la que los dos policías,
Zimmerman o Queiroz, pudiesen estar preparados.
Aquella primera sección de la vivienda estaba apenas

iluminada por una lámpara solitaria a la que le faltaban varias bombillas, y el simple ejercicio de caminar sin tropezar entre aquel desorden resultaba prácticamente imposible. Diferentes tipos de porquería crecían por todas partes, plásticos retorcidos y pedazos de metal enmohecidos, restos podridos de comida, orín y excrementos... Las paredes estaban completamente cubiertas por cientos de enrevesados esquemas, de imágenes macabras, de fórmulas y de palabras que, a simple vista, carecían de significado, por columnas irregulares de libros amontonados y de papeles polvorientos medio devorados por los insectos. El hedor era insoportable, y aunque lo intentaron, fue imposible abrir alguna de las ventanas; todas ellas estaban cubiertas por pesadísimos velos negros y atrancadas por maderas cruzadas de tal manera que fuese imposible moverlas. Tras abandonar aquella primera habitación, cruzaron el apartamento a través de un estrecho pasillo cuyos muros aparecieron recubiertos de arriba abajo con aquellos caracteres y símbolos misteriosos que Roberto Zimmerman había visto tantas veces en los libros que su padre había traído hasta aquel mismo lugar, solo que a diferencia de lo que acababan de ver en la primera sala...

"...Aquí estaban cincelados contra la pared con una minuciosidad enfermiza, contra el techo, contra las maderas del suelo... Y poco antes de que abandonásemos aquel pasillo para acceder a la segunda sección de la vivienda, la que queda por encima de la suya, la temperatura descendió súbitamente, no le miento si le digo que bajó al menos veinte grados, y, entonces, todos sufrimos una desagradable sensación de mareo, como si acabásemos de saltar sobre la borda de una embarcación."

La oscuridad era prácticamente total allí dentro. El aire era irrespirable, nauseabundo, y todos ellos se llevaron los brazos a la cara de manera refleja. Desde la puerta, los dos policías encendieron sus linternas para iluminar aquella segunda habitación. La escena que descubrieron era inimaginable. Las paredes de aquella cámara sin ventanas, el suelo, el techo, habían sido pintados por completo de un ominoso color negro. La estancia estaba prácticamente vacía, no había libros o cuadernos a la vista, ninguna herramienta, únicamente un mueble, al fondo, solamente aquel armario escarlata que se levantaba contra el último tabique de la vivienda y que pareció estremecerse cuando el cálido resplandor de las linternas lo iluminó, palpitando como si fuese la entraña que alimentase aquella insólita vivienda.

"Dimos unos pocos pasos hacia delante, todos al mismo tiempo, no éramos capaces de despegarnos los unos de los otros, necesitábamos saber que no estábamos solos; joder, no entendíamos nada. Estábamos aterrorizados... ¿Dónde diablos estaba Gouveia?" Zimmerman levantó la mirada y la condujo hacia nuestra izquierda, hacia el techo de mi dormitorio.

Cuando el pequeño grupo reunió el valor suficiente como para adentrarse en la habitación, tropezó con un plasma oscuro y espeso que parecía gotear desde todos los lados y en todas las direcciones…

"…Como si aquel polígono que era la habitación flotase suspendido en el interior de una esfera en movimiento, como si aquel fuera un espacio en el que conviviesen dos planos diferentes, uno que nos sostuviese sobre una de las caras del cubo, y aquel otro en el que la mecánica de la gravedad no interviniese. Era inconcebible, le juro que aquellos delgados hilos de sangre goteaban desde las cuatro paredes, desde el techo, hacia arriba desde la madera negra del mismo suelo, deslizándose hasta un sinnúmero de charcos de pasta apelmazada que aparecían aquí y allá, rodeados de multitudes de parásitos que aleteaban entre los charcos para crear una siniestra niebla de microscópicas lágrimas de sangre que se adherían como cuatro máscaras de muerte sobre nuestros rostros. El espacio entero estaba cubierto de pedazos de piel y de cabello, de trozos de carne y de huesos humanos arrancados a mordiscos, masticados y escupidos… Y, sin embargo, solamente encontramos dos huellas…" continuó Zimmerman. "A pesar de que era evidente que allí había habido un combate terrible, solo encontramos las huellas de dos pies desnudos esculpidas sobre la sangre que cubría todo aquel suelo oscuro, y aquellas dos huellas no se dirigían hacia la salida, señor Osterberg, sino hacia el fondo de la habitación, hacia el gran armario rojo empotrado contra la pared… Nos abrimos paso casi a oscuras, la luz de las dos linternas ya no era suficiente, entre aquel zumbido funesto de los insectos y el olor a cadáver, los latidos cada vez más veloces de la propia habitación, resbalando sobre aquellos fluidos que goteaban desde todas partes, los cuatro seguimos aquellas huellas hasta el armario, y cuando, al fin, pudimos abrirlo…" me mostró la más pequeña de las dos llaves, "…estaba completamente vacío… En aquel armario no había nada, solamente aquellas dos solitarias manchas rojas selladas sobre su base, las dos huellas de sangre de Joaquim Gouveia abandonadas frente a la ausencia sólida de la pared." Zimmerman perdió la mirada en la penumbra que nos separaba de mi dormitorio. "Mire, no espero que me crea, de hecho, me es indiferente… Yo sé lo que vi, todos lo vimos, los cuatro, aunque ninguno de nosotros se atreviese a hablar de lo que experimentamos en esa habitación, en el interior de aquel armario."

La policía regresó a la mañana siguiente y registró concienzudamente el apartamento, pero, aunque encontraron restos de tejidos y de sangre pertenecientes a varios individuos, no llegaron a localizar ninguna pista sobre el posible paradero de Joaquim Gouveia. Para ellos el anciano estaba, simplemente, desaparecido. Ophelia Queiroz abandonó su piso, el mío, aquella misma noche… "Y, si yo fuera usted, haría lo mismo. Yo no dormiría una noche más en esa habitación ni por todo el oro del mundo. Yo me iría del apartamento esta misma tarde." Zimmerman volvió a recorrer el techo con la mirada para perderse más allá, en mi dormitorio, para encerrarse allí dentro por un instante, quizá saboreando aquel miedo una última vez; entonces, recogió el cuaderno y me lo tendió. "Aún no sé por qué he recibido estas notas, solo puedo figurarme que el portugués esperaba, espera, que pasen a las manos de mi padre... Léalas y tome sus propias conclusiones, señor Osterberg. Me he permitido señalar las partes que, según creo, pueden interesarle. Devuélvamelas cuando haya acabado, no me corre prisa."

11

Las secciones que Zimmerman había marcado para mí pertenecen, casi en su totalidad, a una colección de notas manuscritas en castellano por el mismo Joaquim Gouveia. Si bien estos apuntes no son muy extensos, la información que contienen, su trascendencia, es extraordinaria. Las anotaciones de Gouveia comienzan, ni más ni menos, con la visita del infame ocultista Aleister Crowley a la ciudad de Lisboa en septiembre del año mil novecientos treinta.

Esta visita de Aleister Crowley a Lisboa en compañía de su Mujer Escarlata, Hanni Larissa Jaeger, para reunirse con otro de los grandes ocultistas del siglo pasado, el portugués Fernando Pessoa, está bien documentada. Yo mismo, sin ser más que un aficionado a la literatura, creía conocerlo todo sobre la misma hasta que leí los cuadernos del viejo Gouveia.

Si la historia más o menos oficial nos cuenta que,

tras un periodo de profuso intercambio postal entre los dos hombres, el mago de Warwickshire decidió visitar Lisboa con el discretísimo objetivo de conocer personalmente a Pessoa, la realidad que Gouveia descubre en sus notas es, con mucho, más sugerente. De acuerdo con el manuscrito, el verdadero motivo de aquel viaje no fue otro que el del robo de un libro. Aleister Crowley viajó hasta Lisboa para apoderarse del grimorio más peligroso que nunca haya existido, un texto cuya sola lectura es capaz de provocar la locura y la muerte, una copia del Al Azif de Abdul Alhazred impresa en Madrid en el año mil seiscientos sesenta y dos, una copia del Necronomicón.

Según Gouveia, Pessoa habría recibido este volumen en mil novecientos veintiséis, durante el primero de sus dos viajes conocidos a Nueva Inglaterra. Es de dominio público que, durante estos dos viajes, Fernando Pessoa visitó la prestigiosa universidad de Miskatonic, en Arkham, con el fin de entrevistarse con el profesor Warren Rice, director del departamento de Lenguas Clásicas, y con un desconocido escritor de Providence al que en sus diarios cita en varias ocasiones, simplemente, como Howard P. L. Sería precisamente en Arkham donde, por razones que Gouveia desconoce, Pessoa habría recibido el libro maldito de las manos del famoso pintor bostoniano Richard Upton Pickman. El artista desaparecería pocos días después de aquel encuentro, y nada se ha sabido de él desde entonces.

Parece que, durante aquel prolífico intercambio de correspondencia entre Pessoa y Crowley, el primero habría alardeado frente al segundo de poseer una copia del Libro de los Nombres Muertos -así es como el portugués lo llama en sus cartas-, y que, como era de esperar, el inglés, fascinado por aquella confidencia, no habría tardado en concertar una cita en Lisboa con la excusa de conocer de primera mano las propiedades de aquel libro legendario. Pessoa recibió la noticia de su inminente reunión con La Bestia con cierto desasosiego. Aunque la visita a Lisboa del ocultista más famoso de su tiempo fuese el mejor de los cumplidos para una persona tan vanidosa como él, la idea de encontrarse cara a cara con el hombre más malvado del mundo debió inquietarlo hasta el punto de hacerse acompañar durante toda la visita por dos de sus mejores amigos, el periodista Augusto Ferreira, y el autor de estas notas, Joaquim Gouveia, profesor de metafísica, editor de la revista El Velo de Isis, y miembro, como Pessoa, de la Sociedad Teosófica de Portugal.

Ninguno de aquellos tres hombres sospechó nada. Aleister Crowley exhibió una frialdad endiablada a la hora de llevar adelante su plan y no demostró impaciencia o nerviosismo en ningún momento, ni siquiera pareció impresionado cuando, al fin, pudo tenerlo frente a él, un ejemplar auténtico de la traducción de Olaus Wormius al latín del libro más extraordinario que jamás haya existido. Según las notas de Gouveia, Crowley engañó a Pessoa convenciéndole de que necesitaba la ayuda del

Necronomicón para completar una ceremonia de invocación cuyo objeto sería el de conseguir la ayuda de aquel que está encerrado más allá del universo (sic) en un ritual de magia sexual que tendría el propósito de la fecundación de su Mujer Escarlata. Por supuesto, el inglés no se equivocó, y como había previsto, la idea divirtió a Pessoa, al que, confiase o no en el éxito de semejante ritual, la idea de acompañar al mismísimo Aleister Crowley en una ceremonia de aquella especie debió de resultarle más que estimulante. Acordaron encontrarse, el británico, la alemana y los tres portugueses, en la soledad de la Boca del Infierno, cerca de Cascais, la noche del veinticinco de septiembre de mil novecientos treinta, equinoccio de otoño, la noche en la que Aleister Crowley y Hanni Jaeger robaron el Necronomicón a Fernando Pessoa.

Aquella aventura acabó desarrollándose de una manera tosca y grosera, como era, por cierto, relativamente frecuente en cualquiera de las peripecias en las que el mago inglés se involucraba. La oscuridad era ya prácticamente completa cuando el automóvil que transportaba a los portugueses llegó al punto convenido. El océano Atlántico siseaba como una serpiente que se arrastrase contra los acantilados, y una bruma húmeda, salpicada de finísimas gotas de mar, flotaba desde la oscuridad más lejana para recortarse contra las figuras de Crowley y Jaeger que ya los esperaban junto al abismo de la Boca del Infierno. No perdieron el tiempo, y en cuanto los tres hombres abandonaron el vehículo, y sin darles tiempo para organizar defensa alguna, el inglés y la alemana los amenazaron con dos revólveres y les ordenaron que se lanzasen al suelo. Pessoa, que pese a haber recelado durante las fechas previas a la visita, estaba seguro de haber confraternizado con Crowley durante las últimas tres semanas y no contaba con la posibilidad de aquel desenlace, portaba el libro con él, apenas protegido por una pequeña maleta. Jaeger le arrancó la maleta de las manos y Crowley obligó a los tres hombres a desnudarse y a lanzar todas sus ropas al mar. El robo no era suficiente, él siempre necesitaba divertirse. Inmediatamente después, Jaeger desapareció en el coche de los portugueses, y Crowley, no sin antes agradecerle su candor al poeta luso, también se alejó de la Boca del Infierno conduciendo su propio automóvil, abandonando tras de sí, desconcertados, avergonzados, completamente desnudos, al poeta, al periodista, y al profesor.

Cuando al fin lograron regresar a Lisboa, a la mañana siguiente, encontraron el coche aparcado en la calle Coelho da Rocha, frente a la vivienda de Pessoa. Sobre el asiento trasero hallaron la pitillera de Crowley, y, en su interior, una nota manuscrita que simplemente decía, "Gracias. Tu Li Yu".

Aquel incidente atormentó a Pessoa durante el resto de sus días; el robo, la humillación. Él fue el único responsable de aquella pérdida, y no podemos llegar a imaginar las consecuencias que la desaparición del Necronomicón tuvo en su vida. No volvió a referirse al episodio de la Boca del Diablo, nunca más habló de Aleister Crowley, de Hanni Jaeger, del libro. Moriría apenas cinco años después, cuando solo contaba con cuarenta y siete años de vida. Tuvo que ser Augusto Ferreira el que hiciese un último intento a la desesperada para recuperar el libro. Pessoa había prohibido a sus acompañantes la denuncia de aquel robo, de modo que Ferreira tuvo la idea de denunciar la desaparición del mismo Crowley, llegando incluso a fabricar una supuesta nota de suicidio dirigida a Jaeger en la que el mago amenazaba con quitarse la vida en aquellos acantilados de la costa de Lisboa, "No puedo vivir sin ti. La otra Boca del Infierno va a engullirme, pero no será tan cálida como la tuya. Tu Li Yu". Desgraciadamente, Ferreira sobrestimó el peso del apellido del inglés en Portugal, y aunque había supuesto que su fama pesaría tanto como para forzar a los medios y a la policía a seguir la pista de Crowley hasta encontrarlo, lo cierto es que aquella humilde estratagema no tuvo ningún efecto. El rastro de Aleister Crowley se perdió con aquella nota abandonada en la calle Coelho da Rocha, y el libro prohibido nunca regresaría a Lisboa.

Me detuve en este punto. No sabía qué pensar… La extraordinaria historia que Zimmerman me había contado, el anciano ocultista y sus misteriosos visitantes, aquellas notas inverosímiles, Fernando Pessoa y Aleister Crowley en Lisboa, el robo del Necronomicón… Lo conocía, había leído lo suficiente como para saber que aquel libro era un fraude, un divertimento macabro fabricado en la Edad Media y que debía su fama a unas cuantas personalidades degeneradas que habían vivido de la superchería de los ignorantes. También sabía que, afortunadamente, solamente habían sobrevivido cuatro copias del supuesto grimorio, y que una de ellas era, como refería Gouveia, aquella copia española que se custodiaba en la biblioteca de la Universidad de Miskatonic, en Arkham. Cerré el cuaderno con una ligera sensación de irritación, con la seguridad de estar perdiendo el tiempo. Todo aquello era descabellado, no podía tratarse de otra cosa que de una broma formidable, de una farsa bien elaborada... Y, sin embargo, qué interés podría tener Roberto Zimmerman en preparar aquella comedia, en burlarse de mí, especialmente cuando había sido yo el que, de alguna manera, lo había invitado a formar parte de aquel secreto, si había sido yo el que le había hablado de aquel océano extraterrestre que me vigilaba desde el interior de mi dormitorio cada noche y del pavoroso rumor de la criatura a la que había oído arrastrarse tantas veces sobre el mismo techo de mi apartamento, de la voz de aquel abismo que me había llamado por mi nombre desde su encierro allí arriba, del parásito que aullaba desde dentro para que lo liberase, para que abriese la puerta que lo contenía en aquella celda... Y aquel último pensamiento, la evocación de aquella maldad inefable que de alguna manera había conseguido tomar el control de mi voluntad hacía tan solo unas pocas horas, la sola idea de aquel odio frío y distante y perfecto, la voz antigua y corrompida del gusano, volvió a traspasarme, y mi piel se resquebrajó para que me penetrase y sentí de nuevo cómo se agitaba desde mi estómago, gritando y royendo y mordiendo y removiendo mis vísceras, buscándome. Gritando, gritando de nuevo, abre la puerta, Caleb… Gritando. Sube hasta aquí, Caleb, y abre la puerta. Y como si mi consciencia o voluntad hubiesen despertado de pronto para tirar de mí hacia atrás y arrastrarme lejos de aquella infección, desperté, redimido otra vez, a salvo, momentáneamente, al menos, y pese a lo distante e insensato de aquella imposibilidad, supe que lo que Gouveia había descrito era absolutamente cierto, y que las advertencias de Zimmerman estaban completamente justificadas.

Temblando, recorrí los pocos metros que me separaban de la cocina y me serví un vaso de bourbon, y, aún estremecido, y sin perder de vista el reloj, no quería que la noche me sorprendiese leyendo las notas del profesor, volví a abrir el cuaderno.

12

La siguiente marca de Zimmerman me trasladaba cinco años después de aquella aventura en la Boca del Diablo. Hacía dos años que Hanni Jaeger había muerto. Su cuerpo había aparecido profanado, exanguinado, terriblemente mutilado, en la habitación sesenta y seis del Hotel Alhambra de Palma de Mallorca. La naturaleza truculenta de aquel crimen, la nacionalidad de la víctima, habían causado un pequeño revuelo en la prensa española, pero, que Gouveia supiese, nadie llegó a ser investigado por el asesinato de la Mujer Escarlata, nunca hubo un sospechoso. "Nunca lo habrá. Y cómo podría…" anota el portugués, con aire misterioso, en el margen de la página. Y si era poco lo que aquellas notas contaban sobre Jaeger, limitándose a referir aquel final atroz con una distancia indiferente, nada aclaraban sobre el destino de Aleister Crowley, el ladrón del Necronomicón, el hombre que había humillado de manera cruel y definitiva a su amigo Pessoa, y solo pude pensar en el dolor que la mera mención de aquel nombre, el puñal que fue aquella noche frente al Atlántico, el peso de la mirada aturdida de Pessoa, pudiese haber infligido a Gouveia.

Aquella otra noche de mil novecientos treinta y cinco, Gouveia y Pessoa compartían una botella con algunos camaradas en la Plaza del Comercio, en el Café Martinho da Arcada, cerca de los muelles de Lisboa. Ya era tarde y el café estaba prácticamente vacío, pero como era costumbre, los cinco amigos discutían animadamente alrededor de una de las mesas circulares del local ajenos a las miradas hostiles de los camareros. Súbitamente, una penetrante pestilencia contaminó el ambiente del café, una repugnante mezcla de olores que recordaban a los que el océano arrastra hasta la costa cuando aquel se halla en su estado más agitado y que, dice Gouveia, pareció atemorizar, más que desagradar, a Pessoa. Inmediatamente, las puertas del Martinho da Arcada se abrieron de par en par, y tres criaturas de formas vagamente humanas irrumpieron en el café y avanzaron hacia la mesa temblequeando como marionetas, arrastrando los pies sobre las baldosas, cojeando, impulsándose hacia adelante con aquellos brazos largos y blandos. "Y cuando, por fin, alcanzaron la mesa, nos levantamos, nos pusimos en guardia; todos menos Fernando, que permaneció allí sentado, como resignado, las manos extendidas sobre la mesa, sus ojos oscuros perdidos más allá de aquellas tres tinieblas que ya lo cubrían por completo, sumergidos al otro lado del mar, en busca de la mirada blanca del Dios Pez que vive en Y'ha-nthlei, una súplica estéril hacia Dagón, el más antiguo de los profundos, el padre de aquellos tres monstruos..." Gouveia permaneció al lado de su amigo; el resto de la compañía huyó a la carrera, como también hicieron los dos camareros. Las tres figuras se colocaron alrededor de la mesa y se hundieron en las sillas que acababan de quedar desocupadas... "...Desparramaron los brazos sobre el tablero y nos observaron en silencio durante unos segundos. Iban prácticamente cubiertos por unas telas viejas, ásperas y desgastadas, que solo nos permitieron ver sus dedos, flácidos, delgados, sus gargantas, húmedas y palpitantes, y sus cabezas, tres cráneos alargados y de una piel verdosa y brillante que parecían carecer de orejas... A sus enormes ojos de anfibio les faltaban los párpados, y sus bocas, delgadas líneas de carne oscura, cortaban aquellos rostros imposibles de izquierda a derecha como para terminar de perfilar aquel aspecto demoníaco de los tres hombres..."

Para sorpresa de Gouveia, el primero en hablar fue su amigo, que sin apartar la mirada de aquella profundidad invisible que lo retenía, "…y con un tono que tomé por desánimo o resignación, murmuró, 'Os esperaba desde hace tiempo, desde que supe que Hanni había muerto, desde que comprendí que era ella la que había tenido el libro durante todos estos años…' y, enseguida, mirando esta vez al frente, hacia los ojos mórbidos de una de aquellas criaturas, continuó, '…Desde que supe que el Señor Arena lo había recuperado…' Los afilados labios de la criatura vibraron levemente, y su boca entera se entreabrió como una herida mal curada que excretaba una repugnante baba negruzca a la vez que exhalaba un sonido áspero y desagradable que me pareció desprovisto de significado. Inmediatamente, extendió los brazos y dispuso dos hojas de papel sobre la mesa. Colocó la primera, marcada con una línea de color negro, frente a mí, y la segunda, cruzada por una línea de color rojo, frente a Fernando. Entonces, dobló los dedos hacia dentro, retiró los brazos, y se incorporó penosamente. Las otras dos figuras lo acompañaron hacia la salida del café."

Con gesto abatido, Pessoa recogió la hoja marcada con la línea roja, la desplegó, y nada más leer su contenido, se levantó, tocó la mano de su amigo, y murmuró, 'Adiós'. Recogió su chaqueta y su sombrero, y se marchó dejando al profesor solo en el centro del Martinho da Arcada, aturdido, desconcertado por lo insólito de aquella visita, confundido por la inesperada intervención de Pessoa, por aquella despedida tan lánguida, definitiva. Gouveia estaba convencido de haberlo sabido todo sobre la vida, relativamente monótona y predecible, de su amigo, pero, quiénes o qué eran aquellas tres criaturas y cómo era posible que Pessoa las hubiese reconocido; quién era aquel Señor Arena… Temblando, recogió la nota marcada con color negro y la abrió. Una dirección y una fecha, nada más. Calle Colón, número uno, en Madrid, España. Treinta de noviembre, apenas una semana más tarde.

Cuando, a la mañana siguiente, Gouveia visitó la casa de Pessoa en Campo de Ourique para pedirle explicaciones, la encontró cerrada y aparentemente vacía. En el umbral, escondida bajo la puerta, había una nota escrita por Pessoa, 'Haz exactamente lo que te han pedido; aléjate de mí. Perdóname, si puedes. Fernando Pessoa.'

13

Aquel treinta de noviembre nevaba en Madrid, una tormenta imprevista que contenía la ciudad dentro de una esfera de viscosa espuma blanca, y cuando Joaquim Gouveia abandonó el taxi que lo había traído hasta la calle, pensó que el centro gris de aquella esfera flotaba como un siniestro panóptico sobre el edificio que se levantaba frente a él y que la ciudad entera giraba a su alrededor. Un hombre de raza negra, alto, vestido con una larga túnica amarilla, lo esperaba frente a la entrada. Aquella fue la primera vez que Gouveia vio al Señor Arena, y cuando al fin traspasaron juntos la puerta de madera vieja del cuarto piso, el Señor Arena le habló durante un espacio de tiempo indeterminado sobre su destino y sobre las particularidades de su misión, y lo introdujo en los secretos incognoscibles de aquellas páginas antiguas recubiertas de cuero negro, y cuando el libro pasó de las manos marchitas del Señor Arena a las manos recién nacidas de Joaquim Gouveia, se pronunciaron las palabras que habían de ser recitadas para que su amigo, el penúltimo propietario del Necronomicón, muriese en Lisboa en aquel preciso momento.

14

Abandoné las notas en este punto y las arrojé sobre la mesa. Y volví a pensarlo, que aquella historia era inverosímil, que parecía una insensatez, aun teniendo en cuenta mi propia experiencia en aquella casa, pero, acaso no sabía que lo que tomamos como realidad no es más que una representación inacabada y que lo unívoco y lo evidente y lo exacto son conceptos blandos, atrapados en la desoladora imperfección que son nuestros cinco sentidos, que la vigilia es, en cierto modo, la continuación imperfecta del sueño y que lo inconcebible es, con toda seguridad, posible... Y si todo fuese real y el Necronomicón fuese un grimorio auténtico, y si aquel libro estuviese allí arriba y yo pudiera tenerlo entre las manos… Mi pecho empezó a palpitar con intensidad, tiritaba de excitación. De pronto me sentí tan vivo. Todavía había luz, tenía más de dos horas antes de que empezase a anochecer. Por qué no comprobarlo por mí mismo, entrar en aquel apartamento y descubrir la verdad de una vez por todas. No tenía nada que perder. Recogí las dos llaves que Zimmerman me había entregado, y subí hasta la cuarta planta.

La luz de la escalera ya se había apagado cuando entré en el apartamento. Cómo podía haberlo olvidado, lo que Zimmerman había dicho, que no había ventanas en esta casa, nada más que tinieblas. Poco importaba que hubiese luz allí fuera si la noche es para siempre aquí dentro, y sobresaltado por la inesperada falta de iluminación he buscado el interruptor a ciegas, porque había una lámpara, Zimmerman también había hablado de una vieja lámpara, y entonces he sentido un hálito helado que se clavaba contra mi nuca, un bisbiseo malicioso que se deslizaba rápidamente a mi alrededor, Caaaaaaleeeeeeeeebbb, y he tropezado y he caído al suelo, y, desorientado, enloquecido de terror, no podía ver nada, he tratado de huir arrastrándome hacia la salida, y entonces he cerrado la puerta, la he empujado con el brazo y la he cerrado... Cuando al fin he logrado encontrar el interruptor y estas bombillas se han estremecido agónicamente hasta emitir una mortecina luz anaranjada, la habitación ha despertado, el hedor a descomposición y a carne pútrida, el zumbido vil de los insectos, la exhibición de la blasfemia en todas partes, todos estos signos abominables, en las paredes, en los techos, el pentáculo arañado contra la madera en el interior de la puerta, los restos resecos de sangre y los pedazos de uñas humanas diseminados entre sus líneas. Ha sido imposible abrirla, he usado la llave y he intentado forzar la cerradura, me he lanzado varias veces contra la puerta, pero sé que no es posible abrirla desde este lado. Nadie ha oído mis gritos de socorro, los golpes. Nadie va a subir hasta aquí para socorrerme. Estoy encerrado.

Y entonces lo he visto, brillando al final del pasillo, al otro lado de la basura y de los huesos y las larvas enroscadas sobre la inmundicia, del rumor de las moscas y del incesante vuelo de las cucarachas entre las paredes, un resplandor escarlata, y he pensado que quizá fuese una salida, una ventana desde la que pedir auxilio, y completamente aterrado, seguro de que aquel murmullo diabólico no iba a tardar en volver a aparecerse, he cruzado el largo pasillo negro a la carrera, sin querer saber qué era aquella sustancia flácida sobre la que caminaba, a través de la repulsiva nube de insectos que flota mórbida como el cadáver hinchado de un ahogado, y he cerrado los ojos y me he cubierto la boca, y cuando por fin he cruzado el umbral de esta cámara oscura, una desagradable sensación de ingravidez me ha sacudido desde el vientre, como si un gancho invisible estuviese tirando de mí hacia todas las direcciones, alejándome de las habitaciones que acababa de dejar atrás para abandonarme en este centro enano que se aparta de cualquier precepto, el corazón deshabitado de un vastísimo espacio de superficies aparentemente curvas sin principio y sin final, una esfera imperfecta de paredes dúctiles que se estremecen constantemente como un latido. Y en alguna parte de este vacío absurdo descansa el armario, aquella espectral luz escarlata que me ha conducido hasta aquí. Y he caminado hacia el armario y he utilizado la llave para abrir sus dos puertas y me he asomado a su firmamento infinito y Yog-Sothoth me ha reconocido y me ha mostrado mi reflejo al otro lado de las estrellas, y he mirado a los ojos de los dioses que han soñado conmigo desde hace eones y he conocido todos sus nombres y con ellos he contemplado los sueños de Gouveia y de Jaeger y de Pessoa y de Pickman y de todos los esclavos del libro hasta aquel primer sueño de Abdul Alhazred, y he comprendido la locura de Gouveia que ha de ser también la mía, y he presenciado su fracaso y su castigo, transformado en su propia pesadilla, en una alucinación condenada a abandonar esta esfera cada noche para reptar y gemir de cólera frente al pentagrama que él mismo ha creado para encadenarse para siempre a este lugar abominable, un acto de arrepentimiento, el último pensamiento lúcido de Gouveia, un símbolo mágico para proteger a los que habitan el otro lado de esa puerta.

15

Los dioses todavía duermen y sus nombres son

solamente un sueño, y ahora que sé que el libro me ha elegido, me he sentado frente al armario, en el centro de esta esfera, y he cerrado los ojos y los latidos de mi corazón ya no me pertenecen, y ahora solamente espero al Señor Arena, a que se aparezca en este mismo centro y recite mi nuevo nombre y selle el pacto y, al fin, levante las pesadas cubiertas negras del Necronomicón para mí.

III

El blues del cruce de caminos

1

Eh, te estoy diciendo que yo estuve allí, y te digo que vi al hombre alto hablando con el chico negro en aquel cruce de caminos, y que los vi de la misma manera que te estoy viendo a ti ahora mismo. Sí, joder, ya te lo he dicho, en el cruce de caminos de Dockery… ¿Clarksdale? ¿Pero qué coño te pasa a ti con Clarksdale? Fue en la plantación, en Dockery Farms, allí estaba ese cruce de caminos y allí estaban esos dos y allí estaba yo aquella noche, no en Clarksdale, y si quieres saber qué pasó, vas a sentarte ahí, te vas a beber esa cerveza, y me vas a escuchar sin abrir esa bocaza porque esta es mi historia.

2

Entonces yo no sabía qué era el tiempo, y tampoco sabía de dónde venía y hacia dónde se suponía que iba y no me importaba. Viajaba, eso es lo que hacíamos todos. Y aunque lo desconocíamos todo, nunca estuvimos perdidos. Rodábamos de un lugar a otro, siempre de noche, corriendo detrás de la luna; éramos estrellas y éramos lobos. Despertaba cada atardecer y seguía a la luna, eso es lo que hacía antes de todo esto, bañarme en ese cielo de ahí arriba durante eternidades. Y entonces una de aquellas noches sobrevolé el río y aquel resplandor hermético me conmovió como nada lo había hecho antes y supe que me reclamaba, de alguna manera entendí que yo le pertenecía y que debía someterme a su encantamiento, y dejé de perseguir a la luna y ya solo quise moverme a lo largo de las voces que irradiaban desde la piel oscura y deslumbrante de aquella serpiente.

Desde Nueva Orleans hasta Baton Rouge, desde Memphis hasta Greenville y Nuevo Madrid y San Luis, el Mississippi me llamaba con los acentos desabridos de los españoles y de los franceses, y cantaba en las lenguas antiguas de los biloxi, de Oduduwá el yoruba y de Eri el Igbo, susurraba la melancolía de las canciones de los campos de algodón y de los espirituales, y allí abajo, desde su mismo corazón, gritaba con aquella voz antigua que florecía entre los cipreses y los tupelos del condado de Coahoma, el aullido salvaje de los coyotes libertinos del juke joint de la plantación de Will Dockery.

Transparente o invisible, ya te he dicho que en aquellos días nadie podía verme, una tarde me atreví a descender sobre el polvo y la hierba muerta de la granja y entré en aquella caverna de maderas viejas y hojalata y caminé entre humanos por primera vez. Y no tardé un maldito segundo en enamorarme de todos ellos. Me enamoré para siempre de todos los hechizos que se guardaban allí dentro, de su entraña de humo y rocío gris, de su olor a tabaco y a licor y a piel mojada y a sexo, de las arañas de terciopelo rojo que flotaban entre sus esquinas blandas de trapo, me enamoré de las alas rotas de todos sus ángeles negros, humillados y ultrajados y golpeados hasta que no pudieron sangrar más, tan jodidamente hermosos... Y me enamoré de aquel baile animal y de la humedad obscena de sus cuerpos, de aquel estremecimiento de lenguas feroces; me enamoré del fuego de los dedos de Charley Patton sobre las cuerdas de su guitarra manchada de ron y de whisky, abrasándolas y arañándolas y estrangulándolas, de aquellas voces de arena que lamían y que penetraban la noche, de la herida metálica de las harmónicas, de los aullidos de todos aquellos ángeles, del blues y del hillbilly, de Willie Brown y de Son House y de Howlin´ Wolf y de John Lee Hooker, allí dentro, en el santuario negro de Dockery, y Charley Patton era la serpiente y el blues era su manzana, deliciosa, tan peligrosa, y extendíamos los brazos y extendíamos los dedos hacia aquella llama sobre el escenario, y movíamos las caderas en círculo y movíamos nuestras cabezas dibujando estrellas, y cerrábamos los ojos y pasábamos la lengua entre los dientes y sobre los labios, y el techo goteaba sudor y alcohol como un sacramento, y todos nosotros éramos Eva, cada noche, vudú, vudú, vudú...

Aquellas delgadas paredes del templo de Dockery contenían todo lo que deseaba... Ser uno de ellos, cómo deseaba ser uno de aquellos ángeles. El bendito hechizo del Mississippi, aún no había nacido y ya me había transformado en uno de sus fantasmas.

3

Una noche me alejé algunos metros por el camino que llevaba a los campos de algodón al sur de la plantación. La oscuridad era casi completa, pero, ya sabes, la luna siempre iba de mi lado y con aquella poca luz me bastaba. Entonces lo vi, al chico de Hazlehurst, Robert Johnson, el amigo de Willie Brown, un buen tipo, y no tocaba nada mal, un poco arrogante, quizá, uno de esos ligones que acaban con una bala celosa en la cabeza; Charlie Patton no lo soportaba, ¿te lo puedes creer? Charlie pensaba que Johnson era un farsante... En fin, Robert Johnson estaba allí, delante de mí, en el centro de aquel cruce de caminos, cubierto de barro de arriba abajo, rodeado por aquella preciosa nevada de algodón. Trasteaba con su guitarra sin prestarle demasiada atención. Parecía nervioso, miraba hacia todas partes, impaciente, como si estuviese esperando a alguien. A él sí le pesaba el tiempo. Y aquello me pareció de lo más extraño y me pudo la curiosidad, y como él no podía verme y yo aún pensaba que tenía todo el tiempo del mundo, decidí quedarme allí y esperar a que ocurriese alguna cosa.

El hombre alto no tardó en aparecer. Llegó

caminando desde el oeste, por el camino que llevaba a Cleveland, y lo acompañaba una lluvia viscosa que rápidamente se extendió sobre toda la plantación, arrastrando el silencio más parecido a una nada que jamás había sentido, y me pareció que las estrellas desaparecían poco a poco allí arriba, como atemorizadas por el crujido hueco de las pisadas de aquella sombra. Johnson temblaba de tal manera que pensé que su guitarra iba a caer al lodo en cualquier momento. Cuando llegó al cruce, el hombre alto se colocó frente a Johnson y le preguntó alguna cosa que no pude oír. El bluesman solamente dijo, "sí, estoy seguro." Y enseguida, el hombre alto colocó el dedo índice de su mano izquierda contra el corazón de Johnson, agachó la cabeza, y le habló al oído. Apartó la mano y dio un pequeño paso hacia atrás. Johnson volvió a asentir, se acercó a aquel hombre, le estrechó la mano, y, después, le tendió su guitarra. El hombre alto acarició la caja del instrumento, y sus dedos, tan largos y tan delgados y tan ágiles como las extremidades de una avispa, reptaron a lo largo de las cuerdas y hasta la cabeza del mástil, y allí se alargaron y se retorcieron y giraron y giraron y giraron seis veces las seis clavijas hasta que les pareció que la guitarra estaba afinada. "Está hecho," le dijo el hombre alto a Johnson. Y el bluesman de Hazlehurst recogió su guitarra con aquellas manos tan tristes, y, cabizbajo, sin decir una palabra más, se giró y se alejó caminando hacia el este bajo aquella tormenta turbia.

Me pareció que el hombre alto se enjuagaba las manos varias veces con el agua de lluvia. No se movió de aquel lugar en el mismo centro del cruce de caminos, como si quisiera estar seguro de que Robert Johnson desaparecía al fondo de su sendero.

"Eh, chico…"

Naturalmente, pensé que el hombre alto se dirigía a Johnson, qué otra posibilidad había…

"Te estoy hablando a ti, chico," y un destello blanquecino se filtró entre aquellas gotas y pude ver cómo me sonreía. "Sí, puedo verte… Ven aquí, no seas tímido."

Qué diablos acababa de pasar… Aquello no era posible, nadie era capaz de verme, así había sido siempre; joder, quién era aquel tipo y qué se suponía que debía hacer yo… Y de repente tomé conciencia de mí propia existencia y me pregunté quién era yo, eso tampoco lo sabía, y, mucho peor, qué cojones hacía deambulando por la plantación completamente desnudo…

"Sí, estás en pelotas. No te preocupes, chico, es la Ley…" levantó un dedo hacia el cielo. "A Él le gusta que paséis así al otro lado, os quiere indefensos y bien humillados desde el principio… Así es Su sentido del humor, ya te acostumbrarás. Ven, acércate a mí." Alargó las dos manos en mi dirección.

Arrastré los pies hacia él como si no tuviese otra elección, desconcertado por aquella desnudez recién revelada, porque era la primera vez que experimentaba aquel pellizco tan frío de las gotas de lluvia, el peso de mi cuerpo sobre el barro del camino, porque ni siquiera sabía si iba a ser capaz de hablar.

Sus dos ojos negros de caballo salvaje se abrieron alrededor de mi halo tan pronto como llegué al centro del cruce. Sus labios de hielo se alargaron sobre los colmillos. Sonrió. Ya no llovía, al menos sobre el cruce de caminos.

"Sé que estás confundido, chico, pero, por favor, permíteme que me presente…" dijo el hombre alto haciendo una aparatosa reverencia. "Puedes llamarme Lucifer. ¿Tienes tú algún nombre?"

No lo tenía o no lo recordaba. Nunca había tenido que usarlo, un nombre. Negué con la cabeza.

"Ya, bueno, supongo que no es indispensable… Y no te preocupes, por favor, yo también estoy sorprendido. Hacía mucho tiempo, diría que siglos, que no veía a uno como tú por aquí abajo; digamos que no es lo habitual. Esto debe de gustarte mucho…"

Ni siquiera intenté hablar, no sabía cómo hacerlo, de modo que me limité a asentir. Y sentí una llamarada y un viento oscuros que soplaban dentro de mí para someterme o para dominarme, y de pronto me sentí tan cansado, atormentado, derrotado, como si acabase de ser atrapado por cuatro cuerdas invisibles que estuviesen tirando de mí con el único propósito de impedir que escapase de aquel centro.

"Vale…" el hombre alto sacudió la cabeza.

"Tampoco sabes hablar; estás resultando ser todo un descubrimiento..." y entonces volvió a sonreír de aquella manera suya, tan luminosa y tan dulce. "Escúchame con atención, chico, esto no es casualidad, que tú y yo nos hayamos encontrado esta noche, que yo haya sido la primera de las cartas de tu baraja, que el nombre de tu camino sea el de Lucifer... Mira, vas a escucharlo muchas veces, que no siempre podrás conseguir lo que codicias, que tendrás que conformarte con lo que te ha tocado y que la arrogancia y el deseo y la furia no se hicieron para ti, y sus bocas rebosantes de saliva blanca te gritarán que soñar es de necios y serás culpable cuando te atrevas a vivir según tus reglas y no según las suyas..." concentró el resplandor de sus dos ojos en llamas sobre los míos y atravesó mi aura y arañó mi pecho con aquellas uñas negras como una sepultura y sentí cómo tatuaba un círculo sobre mi piel. "Pero yo nunca miento, yo siempre cumplo mi palabra, y yo te digo que podrás tener todo lo que desees, que yo puedo dártelo, y que a cambio solo voy a pedirte que no dejes que esto se eche a perder, tu alma, que vuelvas al mi lado, que regreses al Mississippi cuando hayas acabado en el otro lado. Yo no voy a pedirte nada más..."

Volvía a llover, dejé caer los párpados, para protegerme de la lluvia, para atrapar el brillo de la mirada del hombre alto.

"Habla chico, dime qué deseas. Cualquier cosa."

Sabía que no mentía, mis entrañas ya habían sido

consumidas por aquel fuego helado y me decían que aquello que Lucifer me contaba era cierto y que podía ofrecerme cualquier cosa que yo le pidiese… Y nada me pareció extraño, el hombre alto y yo en el centro del cruce de caminos, nuestro trato y aquellas gotas de lluvia oscura, que a cambio de todo me pidiese solamente una promesa, la de regresar algún día al único lugar al que yo estaba seguro de pertenecer, y no me parecieron extraños aquellos cinco dedos de insecto que resbalaban como el rastro de cinco gotas de sangre hacia el círculo que había grabado en mi pecho, que los bayous y los pantanos y los bosques de álamos y sauces hubieran enmudecido de pronto, que el Mississippi entero guardase silencio. Qué deseaba, solamente una cosa. Señalé hacia la granja y el juke joint, y, por primera vez, supe cómo organizar las palabras.

"Quiero ser un ángel, Lucifer; quiero ser uno de ellos. Nada más."

"Ah, no hay nada mejor que un poco de ambición para que uno se arranque a conversar, a pedir o a suplicar, ¿no es cierto?" giró la cabeza hacia el lugar que señalaba con mis dedos. "Oh, sí, son tan bellos… Yo también los amo, chico, tanto como voy a amarte a ti, mi dulce ángel negro. Te quiero y voy a hacerte libre, tienes mi palabra. Serás uno de ellos."

Colocó el dedo índice sobre el círculo en mi pecho, se encorvó hasta situar su boca al lado de mi oreja.

"Yo siempre cumplo mis promesas, chico. ¿Me darás tú lo que te he pedido?", retiró la mano y dio un paso atrás.

"Sí," contesté. "Te lo daré, lo prometo. Volveré al río y lo habitaré para siempre, señor."

Lucifer, asintió. Nos dimos la mano.

"Está hecho."

Y no hubo nada más, giré sobre mis pies descalzos y me alejé del hombre alto caminando sobre el mismo sendero de lodo y piedras por el que Robert Johnson había desaparecido. Y la luna había despertado y volvía a flotar con abandono entre las olas de espuma oscura del cielo de Dockery, y las libélulas y los geckos y los cuervos también despertaron para nadar con ella, y lo que caía ya no eran gotas de lluvia, sino resplandecientes estrellas que se desprendían desde allí arriba para venir a morir en los márgenes de aquel silencio de mi camino, y cuando al fin llegué hasta su final, hasta este principio, a mi alrededor ya no había más que oscuridad y frío, y por primera vez, apenas un instante antes de pasar a este lado, comprendí que estaba solo.

Después me olvidé de todo, de aquella noche, de todas las otras noches… ¿Cómo? ¿Que cómo lo recordé? Joder, ten paciencia, eso es exactamente lo que voy a contarte… Abre otra cerveza, coge algo para comer, haz lo que sea, pero mantén esas dos manos ocupadas y no toques mis discos, porque si vuelves a hacerlo te las tendré que cortar, y te aseguro que no sería la primera vez que cortase unas manos.

4

Nací, vine al mundo, como se dice, y volví a empezar de cero. Me vistieron, me enseñaron a hablar y me explicaron cómo y cuándo debía usar aquellas palabras, me convencieron de que tenía que conformarme y de que ellos sabían lo que me convenía, de que sus reglas eran las mismas que las mías. Me educaron. Me dijeron tantas y tantas y tantas veces que uno no podía tener siempre lo que deseaba y que desear era el peor de los vicios, y yo me lo creí todo, a todos, y he vivido una vida sin deseo y sin arrogancia y sin furia, he sido un buen chico, poco más que piel y algunas palabras, tan invisible como lo había sido antes, igual de solo.

Hasta que un modesto rótulo de madera raída se cruzó en mi camino, sus viejos caracteres negros y amarillos sobre un fondo escarlata. Mississippi Records.

Aunque paseaba cada tarde por aquella acera de regreso a casa desde el instituto, nunca había visto la tienda. Debía de haber sido abierta aquella misma mañana, y, sin embargo, estaba rodeada de un aura antigua que me era familiar. La tienda exhalaba un aire desafinado, como si se negase a pertenecer al espacio que ocupaba en la calle, y desprendía el aroma de esa niebla que se suspende sobre los ríos del sur, del perfume de las juncias y los mijos de los humedales, y su puerta empujaba hacia la calle la música más triste, la garganta empapada de sangre y de pena de un hombre herido y el llanto de su guitarra, la canción de un hombre abandonado…

"…Standin' at the crossroad,

I tried to flag a ride,

didn't nobody seem to know me, babe,

everybody passes me by.

Standin' at the crossroad, baby,

risin' sun goin' down,

I believe to my soul, now,

poor Bob is sinkin' down…"[1]

Pero escucha esto, atento, lo más extraño de todo es que yo ya conocía aquella canción, y que también recordaba aquella bruma, el olor de los pantanos... ¿Cómo? ¡Exacto! Un maldito *déjà vu*... Así que entré, tenía que hacerlo... Mississippi Records, la primera vez

---

[1] Robert Johnson. "Cross Road Blues." Cross Road Blues/Ramblin' on my Mind, Vocalion, 1937.

que cruzaba la entrada de una tienda de discos.

Las dimensiones del local eran inmensas, parecía imposible que aquella superficie pudiese existir allí, era como si acabase de adentrarme en una dimensión distinta a la de la ciudad que acababa de dejar atrás. Frente a mí, líneas interminables de cajones repletos de discos se sucedían ininterrumpidamente hasta un horizonte remoto de plásticos y de maderas, discos de siete pulgadas, discos de diez pulgadas, discos de doce pulgadas, de pizarra y de vinilo, mono y estéreo, fundas de cuero y de cartón, de portadas que eran ventanas abiertas a universos enteros, y el tiempo y el espacio y mi vida fuera de aquella tienda volvieron a significar exactamente nada entre todos aquellos discos, entre aquellas paredes abarrotadas de carteles de conciertos, de fotografías de nuestros santos y de nuestros diablos, de todos los nombres de todos los dioses, y me dejé llevar por aquella corriente y me perdí entre el murmullo de las almas que flotan sobre la eternidad de los márgenes del Mississippi. Y Muddy Waters rezaba desde alguno de los fondos de aquella catedral...

"...Well, my mother told my father,

just before I was born,

'I got a boy child's comin', gonna be,

he gonna be a rollin' stone,

sure 'nough, he's a rollin' stone,

sure 'nough, he's a rollin' stone'…" 2

"Eh, chico…"

Detrás de mí, reconocí aquella voz…

Me giré. Un hombre alto me saludaba desde el mostrador, sus grandes ojos negros de animal, su larguísimo pelo blanco y aquella sonrisa de vampiro, la piel pálida y sus delgados dedos de insecto, su indumentaria oscura. Un tipo distinguido, ya no los hay de esa manera… Conocía a aquel hombre, pero como pasaba con todo lo demás, no lograba recordarlo con claridad, situarlo en algún contexto que tuviera que ver conmigo. Me estaba volviendo loco.

"Ven, acércate… Esperaba que a estas alturas hubieras aprendido a hablar, pero veo que tienes la cabeza dura."

Di seis pasos hacia el mostrador, hasta el púlpito del hombre alto. Lo contemplé con perplejidad.

"¿Dónde están tus maneras? ¿Acaso no vas a saludar al viejo Lucifer?"

¿Había dicho Lucifer? ¿Pero de qué diablos hablaba aquel tipo?

---

2 Muddy Waters. "Rollin' Stone." Rollin' Stone/ Walkin' Blues, Chess, 1950.

"Sí, claro, discúlpeme. Buenas tardes, señor... Lucifer..." busqué la puerta, una salida, pero no logré encontrarla, parecía haber desaparecido. El hombre alto lanzó una estruendosa risotada, casi siniestra. Yo me estremecí y Muddy Waters dejó de rezar... Me apoyé sobre el mostrador.

"Estás confundido, chico, y no te culpo," él también extendió las dos manos sobre su lado del mostrador. Me miró con algo parecido al afecto. "Sé que ahora no lo recuerdas, pero tú y yo tenemos un pasado. Tú y yo hicimos un trato. Una vez me dijiste que querías ser uno de ellos, que tu deseo, por encima de cualquier otra cosa, era convertirte en uno de aquellos ángeles..." extendió los dedos para mostrarme las paredes de la tienda, los carteles, aquellas fotografías, todo aquel rock n' roll... "Y yo te prometí que lo haría, que cumpliría aquel sueño tuyo, y también te dije que yo siempre cumplo mi palabra..." Colocó un objeto sobre el mostrador, un disco. Su portada era un extraño collage formado por fotografías de freaks, de fenómenos de feria, de vagabundos y de proscritos. Empujó al disco hacia mí. "Todo lo que buscas, todo lo que deseabas, está aquí dentro. Ve a casa y pon el disco, esta es la llave... En cuanto a ti y a mí, volveremos a vernos muy pronto, chico..."

Y guiñó uno de sus grandes ojos de bestia.

Corrí hasta mi casa. Mis padres tardarían en llegar, tenía el piso para mí solo y podría usar el tocadiscos de mi madre sin tener que dar explicaciones. Me temblaban las manos, es comprensible. Acababa de experimentar los minutos más extraños de mi vida, prácticamente una alucinación o un sueño, y sin embargo lo tenía entre las manos, el disco que el hombre alto me había entregado, todo aquello había sucedido realmente. No perdí el tiempo, levanté la tapa del tocadiscos, separé las carpetas, era un álbum doble, todavía lo conservo, y saqué el primero de los discos de su funda. Lo coloqué sobre el plato y los rayos más bajos del sol se filtraron a través de las ventanas y brillaron como un pequeño infierno sobre los mil surcos del Exile on Main Street de los Rolling Stones. Levanté el brazo y dejé caer la cápsula sobre las primeras olas de aquel río y todo aquel agua bendita hirvió hasta explotar desde los altavoces.

"…And I only get my rocks off

While I'm dreaming

I only get my rocks off

While I'm sleeping…" [3]

Y entonces lo recuerdo todo. ¡Todo! La plantación, el juke joint de Dockery y la guitarra de Charlie Patton y sus balas negras de blues disparadas contra el mundo, y el Exile on Main Street gira y gira y

---

[3] The Rolling Stones. "Rocks Off." Exile on Main St., Rolling Stones, 1972.

gira delante de mí y yo estoy en Mississippi con Robert Johnson, con el hombre alto en el cruce de caminos… Mira, contempla esta mancha de nacimiento, un círculo perfecto, esta maldita marca me la hizo él, el hombre alto, ¡esta es la marca que el Diablo me hizo en aquel cruce de Dockery! Y cierro los ojos y subo el volumen y entonces siento una terrible presión sobre el pecho, aquí, en el mismo centro de esta marca, como si algo me estuviese empujando hacia atrás o, mejor, hacia dentro, y el dolor es cada vez más fuerte, me tiemblan las piernas, mi visión se está nublando y creo que voy a desvanecerme… Esta luz es tan intensa que creo que va a acabar conmigo, me caigo, me desplomo contra el suelo…

"…Heading for the overload

Splattered on the dirty road

Kick me like you've kicked before

I can't even feel the pain no more…" [4]

5

…Y es el veintiséis de julio de mil novecientos setenta y dos y Nueva York se convulsiona ahí abajo,

---

[4] The Rolling Stones. "Rocks Off." Exile on Main St., Rolling Stones, 1972.

envenenada de luz y de electricidad, y Jagger escupe un incendio desde mi derecha y la guitarra de Richards suda Jack y mala hostia a mi izquierda, y el Madison Square Garden enloquece y se retuerce y todos sus brazos se elevan como lenguas de serpiente buscando el altar de este juke joint… El vudú ha regresado y yo he regresado al vudú y soy un ángel negro entre un millón de ángeles negros…

"…Brown Sugar,

how come you dance so good

Brown Sugar,

just like a black girl should…" 5

…Y Jagger se contorsiona y recita el conjuro, un gurú, el maldito Mesías, y todos esos ángeles le siguen o le seguimos hasta el centro del maleficio, y Keef me golpea con su Telecaster y me sonríe y me guiña un ojo y me grita, "¡eh, chico, ya lo ves, una promesa es una promesa!" y en este ritual suena el blues y suena el country y suena el soul, y el rock n' roll, el rock n' roll, el puto rock n' roll, y Jagger me rompe el corazón cuando llora la desolación de Robert Johnson en Love in Vain…

"…When the train come in the station,

---

5 The Rolling Stones. "Brown Sugar." Sticky Fingers, Rolling Stones, 1971.

and I looked her in the eye

I felt so sad so lonesome

that I could not help but cry…" 6

…Y me lo vuelve a romper de felicidad cuando se despide de Chuck Berry y de Johnny B. Goode…

"…Well, she remembers taking money out

from gathering crops

and buying Johnny's guitar at a broker shop,

as long as he could play it by the railroad side

and wouldn't get in trouble she'd be satisfied,

never thought there'd ever come a day like this

when she would gladly give her son

a goodbye kiss…" 7

…Y cuando nos empapa con pétalos de sangre purpura al final de Street Fighting Man, los devoramos, los bebemos como el vino en aquella última cena, y Keef

----

6 Robert Johnson. "Love in Vain Blues." Love in Vain Blues/ Preachin' Blues (Up Jumped the Devil), Vocalion, 1939.

7 Chuck Berry. "Bye Bye Johnny." Bye Bye Johnny/Worried Life Blues, Chess, 1960.

y Taylor se lanzan a por un Midnight Rambler tan denso como cien pantanos, y recuerdo que vuelvo a ser tiempo y que vuelvo a ser espacio y recuerdo aquellos viajes de hace una vida, y la Les Paul de Mick Taylor ha disparado su solo y lo he hecho, he regresado a Dockery Farms y he bailado y he bebido y he peleado y he besado todas esas lenguas y todas esas lenguas me han besado a mí, y he robado algunas botellas y me he tragado todo ese blues hasta reventar, y Charlie Patton me ha mirado a los ojos y cuando le he devuelto la mirada, los he visto, en carne y hueso, he estado con todos ellos, ya sabes, santos y diablos, Howlin' Wolf y BB King y Freddy King y Willie Dixon y Leadbelly y Elmore James... Y he vivido en la carretera como un fugitivo con Hank Williams y con Johnny Cash y con Waylon Jennings, y me he emborrachado con Gene Vincent y con Elvis Presley y con Carl Perkins y me he postrado delante de las dos reinas, delante de Wanda Jackson, delante de Little Richard... Jerry Lee Lewis me dio una paliza en Hamburgo y Billie Holiday ha intentado asesinarme varias veces; le he pedido matrimonio a Aretha Franklin, todavía no me dicho que no. Yo fui el que enchufé la Stratocaster de Dylan aquella noche del sesenta y seis en Manchester, "¡tocad jodidamente alto!", le gritó a los Hawks, y el muy cabrón se las arregló para cambiar el rock n' roll para siempre... He sido el espectro que susurró en el oído de Bowie en Hammersmith, "David, tienes que acabar con él, tienes que matar a Ziggy Stardust", y he llevado a Iggy Pop sobre mis hombros en Cincinnati y he salido a comprar heroína con Lou Reed en Alphabet City. Patti

Smith escribió una canción para mí, y, no, no voy a decirte cuál es… Estuve en Nueva Orleans con Johnny Thunders y también estuve allí con Shannon Hoon, he bebido en el Rainbow con Ozzy, con Lemmy y con Nikki y he visto aquella primera noche de Hollywood Rose en el Troubadour. Me han echado cuatrocientas cincuenta y siete veces del Whisky a Go Go; la primera vez me echó Arthur Lee, la última fue culpa de Perry Farrell. Una vez hice de médium para que Jimmy Page charlase con Aleister Crowley… ¿Qué?, ¿Crowley?, no, que va, Crowley está en el Cielo, ese fue su castigo; Lucifer tenía razón, parece que Dios tiene un sentido del humor de lo más cabrón. Te juro que Ian Curtis me contó un chiste en el Pips y también te juro que Dee Dee Ramone me invitó a unos cuantos mata ratas en el CBGB; y he visto a Joe Strummer y a Paul Simonon improvisando un concierto en un bar de Madrid, y a Thin Lizzy tocando Emerald mientras oscurecía en Slane Castle; a Tom Petty rompiendo una pared a puñetazos porque no era capaz de terminar de escribir una canción… Y pude darle un abrazo a Marc Bolan aquella mañana del setenta y siete, y te digo que yo fui el que le sopló a Hendrix la idea de prenderle fuego a su guitarra en Monterey (se la había ofrecido antes a Pete Townshend, pero el muy bastardo me mandó a la mierda, dos veces). Estaba encerrado en el hospital psiquiátrico de Napa cuando los Cramps tocaron para todos aquellos chiflados, el mejor público que nunca tuvieron, los únicos que los entendieron, y Fred Cole me regaló una guitarra y un sombrero y una botella de Jack después de un concierto en el Satyricon. Tengo que admitir que fui yo el que le compré aquella escopeta a Kurt Cobain… ¿Quién? ¿Courtney? Qué va, ella no tuvo nada que ver, de hecho es una de las personas más compasibles que he conocido, tiene un corazón de oro… Y confieso que llegué tarde para salvar la vida de Brian Jones y la de Janis Joplin y la de Andrew Wood y la de Chris Cornell y la de Stiv Bators y la de Buddy Holly y la de Nikki Sudden y la de Razzle y la de… Joder, he leído a Lorca con Leonard Cohen en el Chelsea Hotel y a Teresa de Ávila con Nick Cave en el Risiko de Kreuzberg…

Y he visto cómo no dejaban de nacer por todas partes, los juke joints, de todas las formas, en todas las ciudades del mundo, sus ángeles nadando alrededor de los neones y de los escenarios, aullando de las mismas maneras que aullaban aquellos coyotes del templo de Dockery, alimentándose de la carne y de la sangre de todos aquellos santos y diablos del delta, bebiendo de la inmortalidad del agua sagrada del Mississippi, buscando los favores del dios del blues en el corazón de barro de cualquier cruce de caminos, bailando y cantando y peleando y besando, y para nosotros, dulces ángeles negros, nunca es suficiente, nada es suficiente, nunca será suficiente.

"…I´ve got a sweet black angel

I like the way she spread her wings

I´ve got a sweet black angel

I like the way she spread her wings

When she spreads her wings over me

I get joy and everything…" [8]

6

Hace un par de semanas volví a ver al hombre alto, detrás de la barra, en el Gruta 77 de Carabanchel, durante un concierto de los Lords of Altamont.

"¿Cómo va eso, chico?"

"Nada mal, Lucifer, la verdad es que no va nada mal", reí. "Dame otra cerveza, por favor."

"Claro, aquí la tienes, aunque esta me la tienes que pagar. Los términos de nuestro trato son absolutamente estrictos y no incluyen las cervezas…"

"No te preocupes, eso está claro, me lo has dicho más de un millón de veces... Oye, Lucifer…"

"Cuéntame, chico."

"Mick Taylor aún no lo ha terminado, su solo, ¿verdad? Ya sabes, eso es lo único que me preocupa a

---

[8] Robert Nighthawk. "Black Angel Blues". Black Angel Blues/Annie Lee Blues, Aristocrat, 1949.

estas alturas…”

“No tienes de qué preocuparte, prácticamente acaba de comenzarlo, y tienes suerte de que el bueno de Mick no sepa cuándo acabar un solo. Joder, se le van de las manos… Nah, tranquilo, todavía queda mucho camino hasta Mississippi.” Apoyó las dos manos sobre la barra como había hecho aquella primera tarde en la tienda de discos. Me contempló durante unos segundos, y preguntó:

“Dime, chico, ¿está mereciendo la pena?”

“Si tuviera mil oportunidades de hacerlo, lo haría todas esas veces, Lucifer. Claro que está mereciendo la pena, no podría haber deseado otra vida, y, además, yo ya lo fui, tú me viste, uno de los fantasmas del Mississippi…” volví a reír, le di un trago largo a la cerveza. “Al final va a ser cierto, lo que siempre me decía Bon Scott, Hell ain´t a bad place to be…”

Lucifer sacó dos botellas del frigorífico, las abrió, y brindamos. Bebimos. Para cuando había terminado mi cerveza, Lucifer ya no estaba allí. Al muy cabrón le gusta despedirse a la francesa, lo pasa en grande a mi costa. A mi espalda, los Lords of Altamont seguían tocando desde el cruce de caminos más brillante que hubo en Madrid aquella noche.

“…Come on, come over,

As fast as you can,

You're afraid that you won't like it,

But you don't understand.

Come on, come over,

The pleasure is all mine,

Music's playin', the door just opened,

You don't have to stand in line…" [9]

---

[9] The Lords of Altamont. "Come On…". To Hell with the Lords. Sympathy for the Record Industry. 2002.

IV

La isla

UNO

1

La he visto apartarse de mí lentamente, y he visto cómo después de un último destello se ha ido apagando hasta desaparecer al otro lado de la noche. Y, sin embargo, aun puedo oírlos, el eco sordo de sus oraciones y de sus tambores, el aullido salvaje del vientre antiguo de la isla, y aunque a mi alrededor ya solo exista esta espuma gris del océano, no puedo dejar de sentirla, porque sé que sus blandos tentáculos de muerte se arrastran bajo las olas oscuras que empujan este barco hacia Europa, porque puedo escuchar el gemido de sus latidos atrapados en este cofre que escondo entre las manos, mi destino, atrapado en una caja de madera.

DOS

1

Es tan extraño, que no hayan transcurrido más que unos pocos meses desde que esta aventura comenzase. Entonces yo era solamente un niño enfermo de entusiasmo, ansioso por emprender aquella empresa extraordinaria que había de llevarme tan lejos de Madrid como era posible, un mocoso tan arrogante y tan seguro de sí mismo como solo puede estarlo aquel que no ha conocido la mordedura gélida del miedo. Enfrentaba aquel viaje en busca de una guerra de la que todo lo desconocía con lo que ahora solo puedo calificar de inconsciencia o de candor, del más puro infantilismo, y mientras miles de madres tomaban las calles del centro de la ciudad para protestar contra el envío de sus hijos a aquellas trincheras de enfermedad y de muerte que los esperaban en el Pacífico, yo, cómo pude ser tan iluso, celebraba mi suerte y contaba impaciente los días que me separaban del embarque hacia Manila. Y ahora que la odiosa silueta de la isla se ha perdido para siempre en la distancia, siento que mi vida ya no es aquella, y que son solo un cuerpo y un nombre, Lázaro Faber, el suyo, el mío, los que me vinculan vagamente con aquel hombre, que mi alma ya no es la suya y que el nudo invisible que encadenaba nuestras dos vidas se perdió para siempre en aquellas junglas del Luzón, antes, quizá, sobre los mármoles salpicados de absenta y polen marroquí de la Calle de la Luna, entre los divanes sucios y las sacudidas destempladas del piano del Café del Rey Sapo.

Madrid amanecía entumecida cada mañana, atrapada bajo el manto pálido de aquel fantasma de nieve que cubría sus avenidas y sus bulevares desde hacía semanas. La ciudad se aparecía desorientada, como asustada, porque hace tiempo que Madrid es una anciana abandonada en los andenes de una estación de direcciones indescifrables, y todos los trenes han comenzado a partir y ella lo ha olvidado todo y no sabe qué tren debe abordar y camina, al fin, desnuda, descalza, al encuentro del nuevo siglo. Y bajo la incandescencia desvaída de las lámparas del Café de Fornos o del Gato Negro no se habla de otra cosa que de esta decadencia, de la pérdida, de las úlceras y de los gusanos del imperio, y alguien grita, "¡otra botella!" para aliviar toda esta aflicción, esta cólera insoportable, y cuando la botella aparece hay aplausos y se brinda entre risas y en honor de Fortuna, porque allí no hay un padre que vaya a ver a su hijo abordar esos viejos navíos destartalados que marchan rumbo a Cuba o a Filipinas, allí no hay ningún padre que vaya a llorar la muerte de un hijo destripado por hacer la guerra en las islas del rey.

Y a esa misma hora, indiferente al eco obsceno de aquellas carcajadas, una ciudad remota se extiende por debajo de las calles limpias y bien iluminadas, un Madrid subterráneo para el que las guerras del imperio quedan lejos, una patria invisible de paredes salpicadas de sífilis y de tuberculosis, el laberinto de las calles al este de San Bernardo, el de los ataúdes de madera podrida que sirven de cama para los menesterosos en el Callejón del Perro y el de los desterrados que malviven en mugrientas habitaciones sin ventanas, el de las niñas que se venden a los vampiros de los burdeles de Ceres... Y oculta entre la niebla pestilente de toda esta miseria, una confusión de puertas misteriosas y de ventanas veladas que se abren solamente para aquel que sabe recitar la oración convenida, un bosque secreto de vino y de morfina y de mescal, de cavernas consagradas a la música y al amor prohibidos, al láudano y al cannabis... Los bailes de máscaras en la Casa de las Brujas de Tudescos y los teatros clandestinos en la Calle de la Estrella, las notas encantadas de los violines de los húngaros de La Lechuza de Oro y las teclas rojas del piano del Café del Rey Sapo en la Calle de la Luna, donde la tradición dispone que siempre haya una mesa reservada para Lucifer, donde la música solo es oscura y salvaje, el de las grandes cortinas negras y las pilas rebosantes de vino consagrado a todos los sátiros, el de las imágenes de Methe y de Sileno y las lámparas de destellos rubí; el Rey Sapo, sombrío, perfecto, nuestro agujero favorito, mi hogar, el del chino,

Rodrigo Vinoya, mi amigo, mi hermano.

2

Habían pasado las doce de la noche cuando llegamos hasta la puerta del café. Aún no habíamos bebido una gota y estábamos ateridos de frío. Nos colocamos frente a la madera, dos sombras varadas sobre aquella nieve renegrida que enterraba la Luna, y la golpeamos seis veces cada uno, pues aquella era la señal:

"Pic, pic, pic, pic, pic, pic."

"Pic, pic, pic, pic, pic, pic."

Temblando de arriba abajo, esperamos a que Alcides, el camarero del Rey Sapo, se decidiese a invitarnos a pasar. Aquella iba a ser nuestra última noche en Madrid, partíamos a la mañana siguiente hacia Cádiz para incorporarnos a nuestra compañía, y, desde luego, no existía un lugar mejor que aquel para despedirnos de la ciudad.

Alcides nos recibió esta vez maquillado y ataviado como una dama. Nos saludó con dos levísimos toques de abanico sobre el bigotito, nos ofreció un cuenco repleto de vino viejo para que mojásemos nuestras frentes con él, y chasqueó los dedos en el aire ordenándonos a perseguir el tintineo de sus larguísimos pendientes en forma de tulipán hasta las baldosas rojas y negras del fondo del café y nuestra mesa. Arrojamos los guantes, los sombreros y los dos abrigos sobre el diván, y no estábamos aún bien sentados cuando Alcides ya estaba de vuelta, girando bajo el polisón de fantasía de su vestido, bailando sobre sus botines de color oro, empuñando dos seductoras botellas de stout como si se tratase de dos pistolas.

"¡Salud, caballeros!"

Rodrigo y yo brindamos por el éxito de nuestra inminente aventura, nos acomodamos en el diván, intercambiamos algunos comentarios triviales, y echamos un vistazo a nuestro alrededor. La escena habitual: personalidades insólitas, individuos excepcionales, mujeres y hombres extraordinarios que emergían del vapor efervescente que era el aliento del Rey Sapo. Caballeros de gesto adusto que cubren sus cuerpos con plumas de ángel y damas de larguísimas gargantas blancas tatuadas con la marca de Lilith, labios empapados con deseo de todo, seiscientos sesenta y seis ojos de felino, máscaras negras y abanicos negros y látigos negros y cuero negro, pinturas obscenas y fotografías pornográficas, el incesante intercambio de libros y de panfletos secretos, el espeso perfume del tabaco y del hachís derretido sobre las mesas de láudano de vino y opio, los viajeros del peyote y los reservados dedicados a los adictos a la morfina y a la heroína, el ejército de serafines de Alcides moviéndose ingrávido entre las interminables columnas de metal oscuro, y a nuestro lado, sobre el escenario, un hombre pálido como la muerte se alarga sobre el piano y lo arropa entre sus alas de murciélago y sus dedos se arrastran sobre las teclas con la sed y la sutileza y la perversidad de un depredador. Nunca lo había visto en el Rey Sapo. Vestía un traje oscuro, raído, recubierto de roces y de descosidos, que era, sin embargo, tan elegante, ajustado como una segunda piel sobre los delgadísimos miembros de aquel hombre. Su cabello era muy largo, oscuro, peinado hacia atrás. La llama de sus dos ojos azules crepitaba salvaje sobre el brillo del tafetán violáceo que revestía la caja del piano. Y entonces sus dedos cayeron sobre las teclas rojas y el café entero giró para concentrarse sobre el escenario y aquel hombre misterioso cantó una canción triste y hermosa y retorcida, sublime, y el tiempo se detuvo sobre el escenario del Rey Sapo y todos enmudecimos y todos contuvimos la respiración y solo existieron aquellos dedos y aquella garganta, áspera, despiadada y frágil, y el reflejo de las llamas de su mirada giró y tembló a nuestro alrededor y nos lamió por dentro hasta abrasarnos, y ninguno de nosotros volverá a escuchar nada siquiera parecido al resplandor púrpura de aquella melancolía. Y cuando el hombre detuvo el movimiento de sus dedos y bailó suavemente con las manos sobre todas aquellas teclas muertas, sus párpados se cerraron sobre los ojos y su boca se entreabrió para exhalar un larguísimo suspiro y, poco a poco, el café pudo volver a respirar.

Solo cuando aquel hombre se incorporó para abandonar su puesto frente al piano pude darme cuenta de lo extraordinariamente alto que era. Empujó la silla para devolverla a su lugar junto al instrumento, acarició las teclas rojas una última vez, y bajó del escenario. El silencio era aún muy profundo y el sonido de sus pisadas me estremeció, y durante una eternidad completa me pareció que no había otra cosa viva en el Rey Sapo, nada más que aquel conjuro que los tacones desgastados del hombre alto recitaban de camino hacia aquella mesa que siempre estaba desocupada porque el nombre de su dueño era el de Lucifer.

"¡¿Qué diablos acaba de suceder?!" exclamó Rodrigo al tiempo que aprovechaba para llamar la atención de uno de los sicarios de Alcides. "¡Dos stout, por favor!" No había espectro en el mundo capaz de quitarle la sed a Rodrigo.

Habíamos crecido en el mismo barrio, Rodrigo y yo, no muy lejos de aquella Calle de la Luna, a solo una parada de tranvía de la Puerta del Sol. La mayoría de los que lo conocían preferían llamarle "el chino," a pesar de aquel nombre tan ordinario, Rodrigo, aunque hubiese nacido en la Calle de Toledo y sus maneras y su vestimenta y su acento fuesen inequívocamente madrileños, y a nadie le importaba que Rodrigo no bebiese otra cosa que no fuese una cerveza o una stout que hubiese salido de la fábrica Santa Bárbara, o que estuviese convencido, como cualquiera que haya pasado más de un mes en esta ciudad, que Madrid no se limita a ser el centro de este mundo, sino que además contiene cualquiera de los universos posibles. En Madrid, Rodrigo, tan madrileño como lo es la diosa Cibeles, siempre ha sido el chino, un extranjero.

Ninguno de los dos pasaríamos de los ocho años, la primera vez que lo vi, al minúsculo chico filipino que apartaba obstáculos a patadas trotando calle de Toledo arriba, sus diminutos puños apretados contra los costados, aquel aire tan triste. Y cuando aquel viento amargo pasó a mi lado nuestras miradas se cruzaron como si nos hubiésemos reconocido el uno en el otro, dos almas insignificantes que escapaban a empellones sin saber hacia dónde echar a correr.

Yo mismo era un niño ensimismado y solitario, otro inadaptado con un carácter de mierda. Hacía poco más de un año que la viruela se había llevado la vida de mi madre, Ángela, este era su nombre. Su cuerpo, su rostro, habían dejado de ser los suyos meses antes de que muriese. Consumida y ciega y desfigurada, deliraba, hablaba desde otro lugar, como si su alma ya hubiese abandonado aquella piel descompuesta, recubierta de pústulas y de costras. La ausencia definitiva de su esposa, el dolor implacable de aquellos meses, acabaron por someter a mi padre a un estado de melancolía tan sofocante y tan venenoso que yo no fui capaz de soportarlo. Aborrecía su compañía, la sola visión de aquella pena blanda de su mirada me repugnaba, y despreciaba cualquiera de sus gestos, cualquiera de sus palabras, sus silencios sofocantes. Cómo detestaba a mi padre y cómo me maldecía por detestarlo, cuánto me odiaba porque ya no era capaz de recordar el sonido de la voz de mi propia madre.

Vivíamos entonces en un pequeño piso en la calle del Cuervo, no muy lejos de la calle de Toledo. Yo jamás abandonaba aquel incómodo jergón en el que descansaba hasta que mi padre no hubiese abandonado el piso para ir a su oficina, porque aquel era el único trato entre mi padre y yo, evitarnos el uno al otro, no vernos nunca, pero a partir de aquel momento, el del chasquido que hacía la puerta al cerrarse, yo era completamente libre para hacer lo que me viniese en gana, y nada importaba que llegase tarde al colegio, que no asistiese a ninguna clase durante días. Atravesar los enjambres de Mayor, de Sol y de Alcalá para deambular sobre el granito claro de las calles angostas de Maravillas o de Chamberí y recorrer mercados y quioscos y deslumbrantes escaparates al mundo entero, descender hasta el Manzanares para perderme durante horas entre la fronda de banderas blancas en aquella ciudad fabulosa que las lavanderas habían levantado junto al río o aventurarme más allá de Bailén para espiar a los temibles trogloditas que habitaban las cuevas de la montaña de Príncipe Pío, vagabundear entre las chabolas tristes de Las Injurias o de Peñuelas y sus rostros de miseria inimaginable, y no regresar nunca a casa hasta que mi padre se hubiese escondido detrás de la puerta de su dormitorio.

Y al tiempo que yo exploraba aquel Madrid inagotable sin siquiera pensar que pudiese existir otro mundo tras la niebla al final de sus bulevares, Rodrigo crecía imaginando cómo sería caminar sobre los bosques y las montañas de las islas del otro lado de los océanos. Sus padres, Darna y Alon, habían emigrado desde Manila a finales de los años cincuenta, y como es frecuente entre las gentes que han tenido el coraje de cortar una vida por la mitad para saltar hacia un otro lado incierto, clavaron los dientes en aquella vida nueva para no dejarla marchar. Trabajaron en lo que pudieron, y lo hicieron de día y lo hicieron de noche, y los consumió el sol y los consumió la nieve, hicieron todo lo que esta ciudad les pidió que hicieran para adquirir el privilegio de ser uno más en esta capital de los ingratos y nunca lo fueron. Vecinos exóticos en el mejor de los casos, siervos o súbditos, tantas veces, Darna y Alon y Rodrigo, los indios, los chinos, los salvajes.

El pequeño Rodrigo se enamoró de aquellas islas fabulosas tan diferentes de las calles desabridas en las que crecía, y todas las noches le daba la espalda a los cristales grasientos de las ventanas y a la bruma pestilente de la ciudad, y se echaba contra la pared y cerraba los ojos y escuchaba embelesado las historias que Darna contaba sobre el país de las Biraddali de las alas de plata en la isla en el fin del mundo, y mientras que para la Inclusa y sus calles furiosas, las más duras de Madrid, Rodrigo era el chino rechazado y humillado y marcado por aquel color más oscuro de su piel, por la forma diferente de sus ojos, en aquellas islas de Darna, Rodrigo podía tumbarse y clavar los codos sobre el colchón de hierba de sus praderas para espiar a las estrellas de cabellos dorados que descendían desde el cielo cada noche para bañarse en los arroyos, y nadaba con las hermosas magindara entre los restos de antiquísimos naufragios, y algunas noches compartía leche de coco y pastelillos de arroz al abrigo de los árboles de los duendes annani, a veces corría para perderse en el bosque y se echaba a dormir entre las orquídeas salvajes protegido por los guardianes de los árboles, Tahamaling y Mahomanay.

Acabamos haciendo buenas migas, Rodrigo y yo, dos pequeños misántropos, dos cabroncetes microscópicos sin nada que perder. Nos convertimos en una banda temible o al menos eso es lo que imaginábamos, cuando compartíamos aquellos primeros cigarros rescatados de la calzada, nuestras primeras botellas, vino barato descuidado de alguna mesa mugrienta en el Manco o el Paraíso que hacíamos añicos contra cualquier pared después de un primer sorbo. Yo cuidaba de Rodrigo, tan manso, demasiado ingenuo para la vida de aquellas calles, y él protegía mi dentadura de mi arrogancia estúpida, de mi bocaza y de mi afán suicida. Nos partíamos la cara, el uno por el otro, nos desollábamos los puños si era necesario, contra cualquiera, y fantaseábamos con que Madrid entero, el mundo, era nuestro campo de batalla y que algún día seríamos los vencedores. Y qué sabíamos nosotros entonces, nada, lo mismo que ahora, lo mismo que los demás, y sigue sin importar una mierda.

Nunca olvidaré cómo brillaron sus ojos aquella mañana que deambulábamos perdidos a lo largo de las aburridas avenidas del oeste de Chamberí, exhaustos después de una mañana entera de caminata, y entramos por error en aquella calle secreta, y si alguna vez había visto sonreír a Rodrigo antes de aquella mañana, jamás lo había hecho de esa manera. Atónitos, entrecruzamos nuestras miradas pensando que acabábamos de penetrar alguna barrera intangible. No podíamos creer que aquello fuera Madrid. Miramos hacia atrás para cerciorarnos de que la ciudad no había desaparecido, y nos adentramos en aquella dimensión extraña que pertenecía a otros mapas, y mientras nos movíamos cada vez más dentro de aquel enredo de callejas y pasadizos, me preguntaba si quizá un gigante habría agitado aquella parte de la ciudad de tal manera que había acabado mezclándolo todo. Las miradas de curiosidad de las mujeres que atendían los puestos y los quioscos repletos de frutas y de semillas y de especias y de vegetales desconocidos, los acentos incomprensibles, las palabras impronunciables de los rótulos sobre las galerías y los escaparates, los enigmáticos salones de portones negros y aquella música nueva que dejaban escapar, los carros repletos de animales vivos que cruzaban las calles incesantemente. Tatuajes y coloridos collares de piedras, vestidos de seda y sombreros hechos de bambú, la neblina apelmazada sobre los hombres que charlaban vivamente alineados en las aceras, fumando aquellas pipas de largas boquillas de cobre o de porcelana. Los sonidos y las formas y los colores y los aromas se mezclaban en aquellas calles de las maneras más insólitas, y Rodrigo sintió entonces que al fin había llegado a alguna parte y que quizá su isla no estuviese tan lejos como había pensado, y desde entonces no dejó de fantasear con llegar hasta ella, con el día en que pudiese contemplar la isla. Aquella parte de la ciudad se convirtió en nuestra favorita, y detrás de aquel barrio de los filipinos, descubrimos el de los cubanos y puertorriqueños, y un poco más allá, hacia el norte, las calles de los italianos y de los franceses y de los alemanes. Fue allí donde conocimos a Louretta, la hija de un dentista español y una enfermera alemana, nuestra única amiga y el amor, desde aquel nuevo principio y para siempre, de Rodrigo.

Louretta y sus ojos tan claros que uno puede ver su alma entera cuando se asoma a ellos, el pelo negrísimo que sigue cortando ella misma, su naricilla de duende y su sonrisa abierta y sincera y optimista, Louretta y sus pantalones y sus botas de hombre, nunca ha vestido una falda y siempre ha sido la más elegante, Louretta audaz e ingeniosa, capaz de iluminar una noche con tan solo una palabra, un faro inesperado, para Rodrigo y para mí, una bendición para los dos. Louretta nos descubrió otro Madrid más amable, una ciudad en la que no era necesario romperse la cara para guardar de tu maldito lugar en ninguna parte, donde uno podía confiar en un desconocido y donde el ladrón o el más golfo no eran el héroe, sino el villano, donde se decía por favor y se daban las gracias, y aunque nunca hayamos dejado de ser dos chicos de los barrios bajos, fue aquella luz suya la que nos contagió el coraje suficiente como para que nos las apañásemos para encontrar empleos dignos, como se dice, para conseguir el dinero suficiente como para pagar nuestras propias botellas y nuestros cigarrillos, para pronunciar y para vestir, o al menos eso es lo que creemos, como auténticos dandis. Crecimos o maduramos juntos, hicimos nuestra la ciudad, y cuando llegó nuestro turno, le revelamos los pasadizos de nuestro reino a Louretta, y aprendimos a ser gatos y a mirar a través de todas las oscuridades de los callejones sucios del centro, de los rotos en sus paredes, y los cuatro, Louretta, Rodrigo, y Elena o Lucía o Ada o Claudia o Paula o Clara o Anabel o Inés o María o Raquel o Mercedes o Teresa o Julia o Laura o Mónica, incluso hubo una Librada, y yo, nunca he sido muy constante o siempre he sido un poco infiel, acabamos descubriendo la adicción a los secretos de las noches en el café de la Luna Muerta y en la Casa de las Brujas, en el Rey Sapo, en los antros clandestinos que abrían durante una sola noche más allá del Retiro, y ahora, aquel niño raro de la calle de Toledo y yo, nos disponíamos a descubrir los océanos y la guerra, juntos, Rodrigo, y yo.

"Discúlpenme, señores…" una vocecilla atiplada me sacó súbitamente de aquella reflexión. Alcides saltaba frente a nosotros desacostumbradamente nervioso, prácticamente histérico. Tosió sobre el abanico, tragó saliva, y movió sutilmente los ojos para señalar hacia su espalda. "El caballero me ha ordenado que los invite a acompañarlo a su mesa, y, si me perdonan el atrevimiento, yo les rogaría que aceptasen su invitación…"

"¡Vete a la mierda, Alcides!" exclamó Rodrigo.

"¡Alcides, déjanos vivir en paz!" aullé.

Le dimos un sorbo largo a nuestras respectivas stout, y nos echamos hacia los costados, Rodrigo hacia su derecha y yo hacia la izquierda, sorteando los voluminosos volantes del vestido de Alcides para poder así examinar aquella esquina más oscura en el otro extremo del escenario. El hombre alto nos saludó con un movimiento de cabeza. Saltamos de regreso a nuestra previa posición sobre el diván, y, parapetados detrás del cuerpo de Alcides, nos terminamos las stout de un trago.

"Se lo suplico, señor Faber, señor Vinoya; háganme el favor," rogó Alcides. "Pueden dejar sus abrigos sobre el diván, yo cuidaré de ellos, y, por supuesto, todas sus cervezas correrán de mi cuenta esta noche…"

"Stouts, Alcides, son stouts, no cervezas, pero, bueno, a mí me vale ese trato," contestó Rodrigo. "Quizá pasemos un buen rato con ese idiota, aunque el plan no termina de apetecerme… Tú qué dices, Lázaro, ¿vamos?"

"Sí, vamos, Rodrigo, tengo curiosidad, pero no te equivoques, ese hombre no es un idiota."

3

"Caballeros, cuánto les agradezco que hayan aceptado mi invitación. Pueden llamarme señor Cueva, pues es así como se me conoce en esta ciudad. Pero, tomen asiento, se lo suplico."

Estrechamos su mano y nos presentamos. El señor Cueva esperó de pie a que nos sentásemos y, solo entonces, él también se sentó. Solitaria sobre el centro de la mesa había una botella desnuda, sin etiqueta, repleta de un misterioso líquido verde, levemente fosforescente. Enseguida, y antes de que cualquiera de nosotros pudiese decir una palabra más, Alcides ya había dispuesto, alrededor de la botella, tres servilletas de hilo blanco, tres copas de cristal, y un platito que contenía tres terrones de azúcar y tres pequeñas cucharas de plata de cabeza alargada que habían sido perforadas tres veces con las formas de una luna, de un sol, y de una estrella de cinco puntas.

"El hada verde," aclaró el señor Cueva. "Habitualmente, prefiero disfrutar de ella en soledad, pero esta noche es diferente, hoy siento una tristeza extraordinaria y me harían un obsequio precioso si aceptasen compartir esta botella conmigo."

De pronto, Rodrigo se levantó haciendo exagerados aspavientos con los brazos.

"No, yo me niego a beber este brebaje,

especialmente esta noche, y, además, tengo la buena costumbre de no beber nunca de una botella sin etiqueta…" voceó. "¡Buenas noches, señor Cueva!"

"Espera, Rodrigo…" lo agarré del brazo. "¿Qué te pasa? Vuelve a la silla, te lo ruego, será solo un momento."

Rodrigo no respondió inmediatamente, permaneció de pie frente a los dos, anclado sobre su vértice en aquel triángulo, observándome con estupor, contemplando al señor Cueva con lo que parecía verdadero pavor. Me agarró fuertemente por el hombro. Noté cómo temblaba.

"Volvamos a nuestra mesa, Lázaro. Pidamos otras dos botellas y olvidémonos de este chalado…" bufó.

No me moví. Aquel comportamiento tan poco característico de Rodrigo, estaba muerto de miedo, la desconcertante actitud de Alcides hacía unos minutos, me intrigaban más que la propia invitación del señor Cueva y mi curiosidad por aquel hombre no hizo más que acrecentarse. Aquella canción extraordinaria y el hechizo que la había sucedido, el pequeño altar de absenta que había preparado para nosotros. La mesa, aquella mesa que nunca había visto ocupada y de la que el señor Cueva parecía ser el dueño… No, de ninguna manera pensaba abandonar aquella silla.

"Te he dicho que será solo un momento, Rodrigo.

Tenemos toda la noche por delante, deja de comportarte como un idiota," contesté.

"Olvídalo, me marcho de aquí, esta farsa me está agotando. Hasta nunca, señor Cueva…" masculló, sin siquiera mirarle. "A ti te veo mañana en la Estación Central, panoli. Esta noche, me la debes." Apartó la silla con el talón, se giró y, tras recoger abrigo, bufanda y sombrero, abandonó el café.

"Le ruego que disculpe a mi amigo, señor Cueva," dije. "A veces tiene un temperamento de lo más inflamable, pero le aseguro que no es mal chico. No sé qué ha podido ocurrir para que se haya comportado de esta manera."

"En absoluto, señor Faber, no hay nada que disculpar. Al señor Vinoya, no le apetecía quedarse y se ha marchado. Su comportamiento me ha parecido irreprochable. Es posible que haya visto algo que no estaba previsto, quizá haya sentido algo para lo que no estaba preparado y se ha asustado…" sonrió. "Ya sabe, algunas personas se asustan con mucha facilidad." El señor Cueva volvió a sonreír, y aquel gesto me desagradó. No había alegría o simpatía en aquella sonrisa, se trataba más bien de un efecto o de un disfraz, de un artificio repulsivo que me puso en alerta inmediatamente. Aquella era la sonrisa entumecida de un cadáver. El señor Cueva entrelazó los dedos y juntó las manos y presionó los pulgares sobre el centro de su garganta. "Dígame, ¿por qué no se ha marchado usted?"

Aunque por un instante deseé haber tenido el valor de levantarme y correr para seguir a Rodrigo hasta la calle, me recompuse. Aparté la mirada de aquella mueca repulsiva y me alejé de la fosa ciega en la que se habían convertido los ojos del señor Cueva, me aferré con fuerza a la silueta de vapor del Rey Sapo que reía a carcajadas, era ya la hora de los borrachos, y me dejé envolver por ella hasta que sentí que estaba otra vez a salvo al abrigo de aquel meticuloso desorden en el café. Controlé el ritmo de mis latidos, el de mi aliento, y recuperé el equilibrio.

"Supongo que tiene razón, señor Cueva, mi amigo tenía todo el derecho a marchase, faltaría más, y, sin embargo, sigo considerando que ha sido una descortesía por su parte. Estaré encantado de compartir esta botella con usted y, además, no voy a ocultarle que hay algunas cosas que me intrigan y sobre las que me no me importaría preguntarle. Su nombre, para empezar, es bastante inusual…"

Tuve que hacer un esfuerzo para mirarlo directamente a los ojos. Su semblante había cambiado y ya no era el de aquel hombre cortés, observador y distante que nos había recibido en su mesa, aunque, por suerte, tampoco era el del espectro que me había aterrorizado hacía solamente unos pocos minutos. Sus ojos me observaban ahora con lo que parecía un afecto sincero, con curiosidad, también, y presumí que el señor Cueva consideraba que yo acababa de pasar algún tipo de prueba y que me daba su aprobación o su permiso para compartir con él aquel espacio alrededor de su mesa.

Sus manos trabajaron ligeras y precisas, y en un abrir y cerrar de ojos el señor Cueva había apartado una de las copas y escondido una de las cucharas bajo una servilleta. "No es el momento," dijo, y acariciando el cuello de la botella con el dorso de su mano izquierda, continuó. "Dejémosla descansar un poco más, charlemos unos minutos."

"Se interesaba usted por lo inusual de mi nombre, pero, aunque deba admitir que es singular, voy a tener que decepcionarle: no existe una buena historia detrás de él. Al fin y al cabo, el mío, como el suyo, no deja de ser un artificio, una máscara sucia que otros me han colocado, si lo prefiere. A mí no me pertenece, desde luego," suspiró. "En Madrid soy el señor Cueva, aunque algunos, los más ingeniosos, hayan preferido llamarme la Mala Semilla, y soy el viejo Nick en Londres y el maestro Peter en Berlín y Leonardo en Roma; Davy Jones para algunos marineros… También he sido Loki y también he sido Ahtu, y he sido Lilith y Pan y Eva… Nombres o disfraces, para algunas personas lo son todo, y, sin embargo, para mí no significan nada. De qué habría de servirle un nombre a un hombre que viene de ninguna parte…," dijo, con gesto de aburrimiento. "Y, sin embargo, permítame que le anticipe que existen otros nombres…" murmuró, atravesando la oscuridad que nos separaba con aquella mirada que era una tempestad. "Nombres más antiguos que el mismo tiempo, nombres atrapados en un momento infinito que se mueve perpetuamente y hacia todas las direcciones, nombres que entierran significados secretos, y cada uno de estos nombres es una invocación y es una llave, y quizá sean estos nombres los que debieran preocuparle a usted."

"¿Nombres más antiguos que el tiempo?" interrumpí, divertido por aquel disparate.

"Eso es exactamente lo que he dicho, que es lo mismo que decir que son eternos, inconcebibles, como lo son sus significados o sus esencias," dijo él, visiblemente irritado. "Celebro que mi conversación le haga reír, señor Faber."

"Discúlpeme, se lo ruego, le aseguro que no he pretendido burlarme de usted," contesté con sinceridad.

El señor Cueva buscó dentro de su chaqueta y extrajo un paquete de Benson & Hedges. "No se preocupe, no es necesario que se disculpe, aunque le aconsejo que aprenda a no despreciar lo que desconoce. Corre el riesgo de que cuando lo desconocido lo visite no sepa qué hacer para protegerse."

Me ofreció un cigarrillo.

"Gracias, pero no fumo," dije.

"Imagino que hace bien, señor Faber," sostuvo el cigarrillo en el aire hasta que Alcides llegó hasta la mesa para prenderlo con una cerilla. "Los hay que aseguran que este es un hábito cargado de veneno y de decadencia, dos de mis principios favoritos, curiosamente. Estos no son especialmente malos, para ser americanos."

El señor Cueva dio una interminable calada a su cigarrillo, expulsó el humo con parsimonia, y echó el cuerpo contra el respaldo de la silla. Volvió a estudiarme durante unos segundos interminables, y, sin dejar de observarme, chupó el cigarrillo de nuevo. Sus ojos se iluminaron como dos zafiros resplandecientes. Golpeó el cigarrillo dos veces y dejó que la ceniza cayese al suelo.

"Dígame, señor Faber, ¿se considera usted una persona religiosa?"

"Quiere saber si soy creyente...," balbuceé, sorprendido por aquella pregunta. "Mire, señor Cueva, le confieso que la idea de que en este país o en este continente, y a estas alturas de siglo, haya todavía tantas personas que crean que la calamidad que son sus vidas encaja en los planes de algún dios, me provoca tanto asombro como enfado... No, no lo soy. Yo creo solamente en lo que veo."

"Ah, entiendo," contestó con ironía. "En ese caso podrá describir, sin duda, la forma de una corriente eléctrica o del gas que alimenta estas lámparas, y podrá representar de alguna manera el aspecto de sus pensamientos o de su consciencia, la medida de su voluntad..."

"Por favor, no me tome por un necio, ahora es usted el que se burla de mí; me está tendiendo una trampa. Sabe, naturalmente, que nada de esto es posible," repliqué.

"Nada de eso, señor Faber, todo lo contrario, lo que pretendo es demostrarle que hace mal en confiar en lo poco que es capaz de ver y que malgasta su vida abandonándola a merced de sus sentidos, tan primitivos, tan imperfectos, y que si usted tuviese la sed suficiente como para querer mirar solamente un poco más allá, se le revelaría que detrás de cada puerta siempre hay otras puertas, y que, si usted lo desease, le aseguro que tendría la oportunidad de contemplar lo que muy pocos hombres han visto…"

Asentí, qué diablos iba a hacer, sonreír y mover la cabeza de arriba abajo como uno de aquellos autómatas del Apolo; qué decir, cómo contestar. Y pensé que Rodrigo estaba en lo cierto, que aquel tipo estaba completamente loco... Afortunadamente, el señor Cueva debió de advertir que yo no estaba preparado para mantener aquella clase de conversación.

"¿Le gusta?" preguntó.

"¿Su nombre?" contesté, aturdido, y aquella contestación volvió a arrancar una carcajada en mi compañero de mesa.

Levantó los dos brazos imitando al director de

pista en un circo.

"¡Mi local!, ¡el café, señor Faber! El Rey Sapo, mi modesta contribución a la regeneración moral de esta ciudad. Dígame, ¿qué le parece?"

"Ah, por supuesto, ¡usted es el propietario! Esto explica tantas cosas..." exclamé aliviado. "Claro, por supuesto que me gusta. Créame si le digo que el Rey Sapo es, prácticamente, mi hogar, mucho más que mi propia habitación. Le aseguro que en Madrid no hay otro lugar como este, aunque supongo que eso usted ya lo sabe... Pero, dígame, ¿no es extraño que nunca le hayamos visto por aquí?"

El señor Cueva se echó hacia atrás, cruzó las piernas por debajo de la mesa, y se giró hacia su derecha para enviar una señal hacia alguna parte del café. Me figuré que trataba de llamar la atención de alguno de los camareros, aunque ninguno llegó a aproximarse. Recuperó la posición y volvió a colocar las manos sobre la mesa y las sombras de sus diez dedos se asemejaron a las alas de diez cuervos ávidos de echar a volar.

"Poseo docenas de catacumbas como esta a lo largo de toda Europa, desde Lisboa hasta Estocolmo y Constantinopla, subterráneos de libertad, bálsamos venenosos, pequeños tumores que cubren todos los corazones del continente. El Rey Sapo es una más, señor Faber, y este es el motivo de que usted no me ha visto nunca. Viajo constantemente, y es raro que me quede en algún lugar más allá de unos pocos días. Además, no debería considerar el Rey Sapo más que como una obra de caridad. Mire a su alrededor, ¿de verdad cree que gano dinero con esto?"

Obedecí y eché un vistazo sobre aquel familiar paisaje de cuerpos amontonados sobre mesas y divanes manchados de vino sagrado. Ninfas y sátiros intoxicados, manos y lenguas y pieles atravesando otras manos y otras lenguas y otras pieles, y docenas de pupilas blancas y todos aquellos sueños raros estirados sobre alfombras de saliva y cristales rotos, el aura mortecina, gélida e indiferente como la noche del otro lado de la puerta, de una canción de cuna africana que alguien tocaba en el piano.

"Sí, ya lo veo, entiendo lo que me quiere decir... Pero, entonces, ¿a qué se dedica usted realmente?"

"Reliquias y antigüedades, documentos, principalmente; tablillas y códices manuscritos, incunables..." respondió. "De hecho, el motivo de mi presencia en Madrid es la recuperación de uno de mis ejemplares más valiosos... Hace un momento les confesaba, a su amigo y a usted, que hoy sufría de una melancolía especialmente pesada, y es que este libro que he venido a recuperar estaba en poder de una de mis asociadas, la profesora Beatrice Martino, y hace pocos días fui informado de que la profesora había muerto."

"Diablos, lo siento mucho, señor Cueva," dije.

"Sí, gracias… Recibí la noticia en Estados Unidos. Trabajaba en Arkham con el doctor Henry Armitage, un joven graduado de la universidad de Miskatonic que ha descubierto una roca recubierta con lo que parecen antiquísimos pictogramas sumerios... El telegrama simplemente explicaba que la profesora Martino había fallecido. Cuando llegué a Madrid supe se había quitado la vida. Los vecinos habían contactado con la policía, parece que el olor en el edificio era nauseabundo, debía de llevar semanas muerta…" apretó los labios por un instante y prosiguió. "La encontraron desnuda, sentada sobre las piernas frente a una pared, dándole la espalda a la puerta, en una habitación vacía y completamente sellada para que no entrase la luz. Su cuerpo estaba cubierto de cortes, de terribles heridas; se había arrancado la garganta con las manos de una manera tan terrible que la cabeza había terminado cayendo hacia atrás. Cuando aquellos hombres entraron en la habitación, las cuencas vacías de los ojos de la profesora Martino los estaban observando. Parece que también se los había extirpado ella misma y sostenía sus dos ojos muertos sobre las palmas extendidas de las manos. El libro, mi libro, estaba tendido sobre el suelo, abierto frente a ella, entre su cuerpo y la pared."

"Dios mío…" ahogué una náusea.

"¿Dios? ¿Acaso ha cambiado de opinión?" dijo él, divertido. Sacó otro cigarrillo y volvió a sostenerlo en el aire para que Alcides lo prendiese. "Pero, basta de hablar de mí o de Dios, temo que mi monólogo lo esté incomodando o, peor, aburriendo. Cuénteme algo sobre usted. Su amigo, el señor Vinoya, ha mencionado la Estación Central. ¿Esperan a alguien o quizá tienen ustedes la fortuna de emprender un viaje?"

Alcides reapareció junto a la mesa, provisto, esta vez, de una jarra de agua helada. Recogió la copa, la cuchara, y la servilleta que Rodrigo no iba a utilizar, y dispuso la jarra en su lugar. Enseguida, encendió el cigarrillo del señor Cueva. Aproveché aquellos segundos para respirar profundamente. Necesitaba un trago, lo antes posible.

"Viajamos, señor Cueva, aunque todavía está por ver si la fortuna nos hará el favor de acompañarnos en nuestra aventura," contesté. "Nos dirigimos a Cádiz. Allí embarcaremos con rumbo hacia Manila. Rodrigo y yo hemos sido alistados."

"¡Alistados! ¡Ustedes dos!" rugió perplejo. "Pero, ¿cómo es posible? ¿Acaso no dispone usted de dinero con el que costear su redención?"

"No me sobra el dinero, desde luego, pero podría haber pagado esa cantidad," reí. "Sin embargo, he preferido aceptar este destino y ver un poco de mundo, ya sabe, contemplar otros cielos antes de que esa agonía interminable de una mesa para siempre en cualquier oficina pública comience a hacer picadillo con el resto de mi vida…"

Y mientras escuchaba aquella lamentable explicación, y, muy lentamente, con la meticulosidad que uno esperaría de una ceremonia o de una autopsia, el señor Cueva sirvió una medida de absenta en cada una de nuestras copas, e inmediatamente, y con la misma diligencia, colocó las cucharas sobre los bordes de cada una de las dos copas de manera que sus cabezas quedasen suspendidas sobre el líquido verde, depositó un terrón de azúcar sobre cada cuchara, y vertió el contenido de la jarra sobre los terrones para que la mezcla de agua fría y azúcar se filtrase sobre la absenta a través de las perforaciones en la plata de las cucharas.

"Pero su amigo es…," murmuró, sin apartar su atención de aquella mecánica tan exacta del ritual.

"Madrileño, señor Cueva, de hecho, Rodrigo no ha salido de Madrid en la vida. Sus padres proceden de Manila, y desde que le conozco, siempre ha fantaseado con poder poner los pies en aquella ciudad, en aquellas islas. Por extraño que le parezca, los dos estamos deseando embarcar, ver el océano por primera vez, escuchar otros acentos."

"Y matar, o morir… Un plan sorprendente, estúpido, imprudente, insensato, y, sin embargo, le entiendo, señor Faber, y comparto su visión. Le confieso que yo también prefiero padecer en la más sangrienta de las batallas a pasar un solo día encerrado en un despacho."

El señor Cueva devolvió la jarra a la mesa y retiró las dos cucharas, colocó el dedo índice sobre la base de una de las copas, y la empujó hacia mí. La bebida tembló y giró sobre sí misma y se enturbió hasta quedar transformada en una nube de luz opalescente.

"El hada está despertando, señor Faber. No la molestemos con futilidades, no la desatendamos, pero tampoco la apremie, relaje su ánimo y deléitese con su baile y déjese seducir por ella y deje que ella cuide de usted. Permita que le coja de las manos y le arrastre hacia ella, sométase y acceda a que el hada verde le abra los ojos."

Y aquellas brumas resplandecientes continuaron retorciéndose como tormentas en el interior de las copas hasta que, en el momento preciso, el señor Cueva tocó los dos cálices con su mano izquierda y aquellas tormentas se apaciguaron para convertirse en lagos inertes, y el señor Cueva alzó su copa y bebió, y yo le seguí. Y bebimos más, y yo bebí, y bebí, y bebí, hasta que sentí el tacto helado de las manos del hada verde sobre las mías.

"Ven," dijo el hada, y me cogió de la mano y me llevó con ella hasta la puerta del Rey Sapo. Y el hada verde empujó la puerta y me invitó a salir con ella a la calle, y en el mismo momento en el que crucé aquel umbral, creí enloquecer de terror.

4

La ciudad había desparecido y yo estaba completamente solo. A mi alrededor, y hasta donde mis ojos eran capaces de adivinar, se extendía un sombrío desierto de piedra oscura. No había un árbol o un arbusto a la vista. En el cielo, envueltas en una infinidad de constelaciones irreconocibles, dos gigantescas lunas negras emanaban apenas la luz suficiente como para que el misterioso mineral que formaba aquellas rocas, un esqueleto esculpido por un conglomerado infinito de afiladas esquirlas de un apagado color metálico, brillase de tal manera que no pude evitar la sensación de estar rodeado por un enjambre monstruoso de diminutos ojos de insecto. El silencio era absoluto, podía oír el crujido de mis huesos, el temblor mórbido de mis entrañas. Y en alguno de los centros de aquella quietud ominosa, emergía una víscera solitaria, levantada sobre la piedra como un tótem ancestral, absurda, incongruente en aquel vacío, la madera vieja de un armario del color satinado de la sangre.

Y me pareció que aquella madera crujía, y que a medida que me aproximaba a ella comenzaba a palpitar y a estremecerse como si poseyese vida propia y me hubiese reconocido y desease mostrarme aquello que ocultaba en sus tripas, y de manera entrecortada, remedando quizá la cadencia precavida o cobarde de mis pasos, sus dos puertas tabletearon y silbaron como una boca repugnante, formando sonidos o pronunciando palabras que pervertían el velo azulado que goteaba inmaculado desde las dos lunas.

"Ven," repitió el hada verde, "ven," ordenó, y las puertas ya estaban abiertas y yo estaba frente a ellas y, al fin, me asomé a su interior.

Inmóvil, un hombre sentado sobre sus piernas miraba fijamente hacia el armario, que también estaba abierto desde aquel lado. Aunque hice una modestísima tentativa de saludarlo con la mano, parecía evidente que él no podía verme a mí. Esperaba, esa es la impresión que tuve, que aguardaba impaciente la pronta llegada de otra persona. El brillo azulado de las dos lunas apenas llegaba hasta el interior de aquella cámara, pero cuando mis ojos lograron acostumbrarse a la exigua iluminación, descubrí con horror que aquel desdichado había sido reducido a la condición de bestia. Era imposible calcular su edad, había perdido todo el cabello y sus labios se replegaban hacia el interior de una boca carente de dientes, y en su rostro, poco más que cuero acartonado y hueso, las costras y las llagas y la porquería se confundían las unas con las otras; sus brazos, sus manos, lo poco que podía ver de sus piernas, eran las ramas secas y retorcidas de los árboles en invierno. Pensé que debían de haber pasado meses, si no años, desde la última vez que aquel hombre había recibido un baño, y sus ropas, amarillentas, oxidadas, recubiertas de parásitos y de larvas repulsivas que se agitaban por todas partes, se habían adherido a su piel hacía ya mucho tiempo. Cuando traté de examinar la habitación sentí un repentino mareo, y es que, a pesar de aquella oscuridad casi completa, podía sentir cómo se movía. Las paredes, los techos, el piso, parecían haberse curvado y dilatado, y los átomos que las formaban giraban veloces alrededor de aquella criatura, en todas las direcciones, al mismo tiempo, como si poseyesen algún tipo de vida propia, y yo sabía que todo aquello era imposible y también sabía que tenía que intentar comprenderlo porque el hada verde deseaba que lo hiciese. Y aquel hombre hundió una mirada demente sobre el paisaje muerto que me rodeaba y pronunció una palabra, "Yog-Sothoth..." aquella fue la palabra que murmuró, un rezo o una plegaria, y su boca se retorció y se deformó hasta convertirse en un grotesco instrumento, "¡Yog-Sothoth Nafl'fthagn!" un ronquido doloroso, desbordante de cólera y desesperación, al que la habitación respondió deteniendo súbitamente el mecanismo invisible que había movido sus paredes hasta aquel instante. Inmediatamente, el hombre contrajo el cuerpo entero y se echó las manos a la cara, y gimió y tembló y se agitó de tal manera que me pareció que fuese a quebrarse en cualquier momento, y cuando se lanzó hacia delante para arrastrarse como un animal entre la basura y los excrementos que se acumulaban sobre el piso, pude distinguir la silueta esbelta de la figura cuya aparición había aterrorizado a aquel infeliz, sin duda la misma figura que había estado esperando desde Dios sabe cuánto tiempo encerrado en aquella habitación, un hombre de raza negra, de una estatura considerable, cubierto con una pesada túnica de color amarillo.

"Osterberg, tienes un aspecto magnífico," dijo aquel hombre. "Espero no haberte hecho esperar demasiado tiempo."

Osterberg volvió a sentarse de la misma manera que lo hacía cuando yo lo había visto por primera vez, escondió la cabeza entre las manos, y, entonces, el hombre alto caminó varias veces a su alrededor portando un objeto pesado semejante a un libro de gran tamaño. Después, se inclinó frente a él, dándome la espalda, y le habló. No podía oírlos, pero Osterberg estaba visiblemente conmocionado, parecía haber recuperado parte de aquella humanidad que lo había abandonado durante su encierro y negaba con la cabeza y rogaba con la mirada y con su cuerpo enfermo, tan frágil, como si tratase de hacer lo posible para retroceder y desaparecer detrás del tiempo que había habitado aquella realidad abstrusa en el otro lado del armario. ¿Qué le estaba diciendo? ¿Qué era aquello que le causaba tanto dolor? Y entones Osterberg asintió, y dijo, "sí" y elevó los brazos con dificultad y abrió las manos y sus dedos se agitaron como orugas resucitadas y se deslizaron sobre el pellejo que colgaba de su garganta y sobre la delgada línea de baba púrpura de sus labios y sobre las arrugas y las pústulas y los orificios cerosos de su rostro y se adentraron en las cavidades que aprisionaban sus ojos y abrieron y excavaron y removieron y seccionaron y arrancaron hasta que las palmas extendidas de sus manos se los mostraron a aquel hombre, sus dos ojos vacíos resplandecientes de lágrimas y de sangre oscura, y solo entonces tuvo el libro a sus pies. El hombre alto lo abrió y cogió una de las manos ensangrentadas y la llevó sobre la página, y, por primera vez, vi sonreír a Osterberg. El hombre alto envolvió los dos ojos en un pequeño lienzo oscuro y los guardó en el interior de la túnica amarilla, y, mientras tanto, Osterberg, echado sobre el libro, hechizado por sus páginas como si, aun sin ojos, fuese capaz de leerlo, reía y sollozaba y murmuraba palabras ininteligibles y jadeaba y volvía a llorar o a reír como un enajenado al tocar aquellas hojas carnosas. Es posible que la poca luz que las dos lunas llevaban hasta el interior de la habitación cambiase repentinamente, que fuese yo el que, en un descuido, rozase las maderas arrugadas del armario o que fuesen, quizá, las sacudidas cada vez más fuertes de mi corazón las que lo sacaron de aquel trance... Osterberg se sobresaltó y se echó hacia atrás tiritando, cubrió las páginas del libro con los brazos, y atravesó el armario con una mueca de depravación. Me estaba mirando, aquel hombre acababa de arrancarse los ojos, pero estoy seguro de que me miraba a través de aquellas dos profundas fosas de palpitante carne tinta. Extendió el cuello hacia mí y emitió un repulsivo chasquido con la lengua que derramó un asqueroso hilo de linfa oscura hasta su barbilla, cerró el libro, y sin apartar de mí aquella mirada atroz, comenzó a erguirse y elevó aquella trémula forma de espectro contra la luz y, con la tosquedad de un cuerpo muerto, dio un paso hacia delante, hacia el armario, gruñendo desde la garganta, oscilando la lengua en el aire. Quise darme la vuelta y echar a correr, buscar la puerta de regreso hacia el Rey

Sapo.

"No, todavía no. Escucha…" susurró el hada verde.

El hombre alto se giró hacia el armario, hacia mí. Sus ojos claros y su voz profunda y aquel tono; su acento, aquel ademán aristocrático, Héspero o Isthar o Venus o señor Cueva.

"Ah, usted, señor Faber. Pero, qué sorpresa, no esperaba verlo por aquí, al menos no tan pronto," dijo. "Pero, permítame que le presente a su antecesor, el señor Osterberg. No deje que su aspecto le confunda, se lo ruego, le aseguro que Osterberg es un hombre serio, a pesar de sus maneras, un investigador de primera, todo un erudito. Confío en él tanto como algún día habré de confiar en usted… Pero huya, señor Faber, corra antes de que lo atrape. Usted es el monstruo con el que ha soñado tantas veces, el ladrón y el impostor, usted, señor Faber, es la más pavorosa de sus pesadillas, aunque sospecho que a estas alturas Osterberg lo odia más que lo teme. Lo ha esperado cada día y cada noche, ha esperado a que se apareciese a ese lado del armario con el fin de arrebatárselo todo, su nombre, su vida, este libro…" y aquel hombre que no se asemejaba al señor Cueva pero que, sin duda, lo era, me brindó aquella sonrisa marchita que yo ya había visto una vez, y el aliento corrompido de Osterberg ya había cruzado el espacio muerto que conectaba los dos lados del armario y sus dedos húmedos tocaron mi brazo y sus afiladas uñas negras lo arañaron, y cuando me giré para escapar, mis pies no encontraron apoyo y caí. Me precipité sobre un profundo charco.

Me hundía, instintivamente eché un brazo hacia atrás buscando el armario o las rocas desde las que había caído al agua, pero el desierto ya no estaba allí y sus dos lunas no existían y aquella balsa se había convertido en un inmenso océano y sus olas me empujaban hacia su interior y sus profundidades tiraban de mí hacia abajo. Aturdido y falto de oxígeno, braceé furiosamente contra la corriente y traté de regresar a la superficie buscando un último sorbo de aire, y cuando una de mis manos ya había cruzado al otro lado y sentí la caricia templada de la brisa y estuve seguro que aquel mar iba a ser compasivo conmigo, otros dedos, gélidos y agarrotados de muerte, aprisionaron los míos para arrastrarlos lejos de aquella claridad de la superficie, hacia la pesadilla que me reclamaba desde las simas del abismo, llamándome, gritando los nombres de todos los que descendíamos hacia aquella gigantesca sepultura en el fondo, cadáveres, cientos de uniformes blancos de soldados españoles ahogados, legiones de ángeles caídos descendiendo en el vacío, el alimento blasfemo para los sueños de la bestia.

Y desde la entraña opaca de aquella fosa brotó una música que flameaba entre los cuerpos envolviéndonos y perfumándonos con sal oscura, preparándonos para el enterramiento, una canción tan triste como nuestros cuerpos, tan hermosa como aquella que una vez había escuchado en un café de Madrid.

5

Voces, tras la música.

"Bienvenido."

"¡Ha vuelto!"

"Agua, ofrézcale un vaso de agua…"

"¡Sujétenlo, va a caer de la silla!"

Reparé en que estaba a punto de caer cuando varias manos me sostuvieron. Aparté aquellos brazos lejos de mí y abrí los ojos. Inhalé todo el aire que me fue posible hasta que una náusea me obligó a cerrar la garganta y a echarme hacia delante. Descansé los brazos sobre la mesa que tenía delante de mí y traté de aclarar la vista. Una masa informe de sombras y destellos dorados giró a mi alrededor. Volví a cerrar los ojos.

"Relájese, no tenga prisa en regresar. Parece que el viaje que acaba de hacer ha sido algo más que extenuante."

Alguien puso un vaso entre mis manos.

"Agua. Bébala despacio, señor Faber."

Reconocí el acento grave del señor Cueva. Abrí los ojos con cuidado y dejé que la luz entrase despacio. Alcides y un pequeño grupo de camareros velaban dispuestos alrededor de la mesa. El señor Cueva sonreía desde su puesto frente al piano. Por lo demás, el café parecía vacío.

"¡Dígame! ¿Cómo le ha ido?" preguntó desde el escenario.

"Me ha envenenado, maldita sea… ¿Qué me ha dado? ¿Qué he bebido?" grité. Sentía que la cabeza me iba a explotar.

"Oh, está siendo injusto conmigo, pero si hemos bebido lo mismo, usted y yo…" bajó del escenario y se sentó de nuevo en su silla, frente a mí. "Dígame, ¿dónde le ha llevado el hada verde? Estoy impaciente por escuchar su historia, señor Faber."

"Váyase al infierno, señor Cueva. Basta ya de cuentos, se lo ruego, me encuentro demasiado cansado como para continuar con esta comedia… Me marcho."

Hice el amago de incorporarme, pero estaba más fatigado de lo que pensaba y volví a caer sobre la silla. El señor Cueva alargó sus diez dedos sobre mis manos, reteniéndome contra la mesa.

"Podrá marcharse en unos minutos, señor Faber. Ahora debería descansar… Pero, mientras tanto, cuéntemelo todo, por favor. ¿Dónde ha estado? ¿Qué ha visto?"

"Osterberg… ¿Le dice algo ese nombre?" pregunté o susurré, tenía que hacer grandes esfuerzos para siquiera articular unas pocas palabras.

"¡No!" exclamó, estrechando aún más mis manos, estrangulándolas. "¡Dice que ha visto a Osterberg! Pero, dígame, ¿cómo está el viejo Caleb?"

"En mi opinión, y por lo que he visto, su amigo Osterberg no tiene aspecto de estar pasando por su mejor momento…" respondí. Intenté separar mis manos de las suyas sin éxito. "Escuche, si lo que pretendía era asustarme, burlarse de mí, enhorabuena, ha conseguido las dos cosas, pero ahora, contésteme, diablos, ¿quién es usted realmente? ¿Qué ha hecho conmigo?, ¿acaso me ha hipnotizado? ¡Alcides, ayúdeme!"

"Chssssssssss..." siseó, llevándose una mano a los labios, retorciendo y desfigurando sus facciones hasta que su rostro fue irreconocible, oscurecido por una maldad inimaginable, y su mirada resplandeció como una muerte y sus dos ojos fueron dos colosales lunas de piedra negra. "Usted ya sabe quién soy. Estamos sentados alrededor de mi mesa, señor Faber, no hay equívoco posible. ¿Acaso no es esta mesa la razón para que haya aceptado mi invitación esta noche?"

Sentí cómo sus dedos se reblandecían alrededor de los míos, cómo sus manos parecían derretirse o descomponerse sobre las mías, y un intenso brillo azulado parpadeaba sobre la mesa y sobre nosotros dos, y los dedos del señor Cueva ya habían penetrado mi piel y se hundían para deslizarse como larguísimos parásitos entre el tuétano blanco de mis huesos, adhiriéndose a mis entrañas, dilatándose y contrayéndose, succionando, bebiendo de la vida vertida entre mis vísceras, contaminando cada una de las heridas, infectando cada incisión, corrompiendo mi espíritu hasta hacerlo suyo, y a medida que la enfermedad se abría paso hasta mi centro, aquella hermosísima luz oscura de las dos lunas negras se extendía sobre el vacío del Rey Sapo hasta ocuparlo por entero y contenerlo dentro de aquella corrupción viscosa de su líquido amniótico. Y cuando mi centro ya estuvo envenenado y marchito y preparado para renacer, la enfermedad de los dedos del señor Cueva, aquellos abominables anélidos, se abrió paso hasta las membranas titilantes de mi tráquea, y hasta mi garganta y la médula espinal, alargando sus apéndices mucosos en busca de aquella suave estrella que dormía soñando el tiempo entre la espuma ocre de mis pensamientos. Los gusanos reconocieron el resplandor mortecino de mi glándula pineal y la rodearon y la embistieron y la cubrieron y la corrompieron y el ojo se abrió al océano y uno de los anélidos la penetró y fecundó la estrella y mi sustancia ya no fue la que era y mi centro se convulsionó y renació y supe que vería lo que jamás había sido capaz de ver y aquel fulgor azulado que había contenido aquel momento se resquebrajó y llovió sobre la mesa y Lucifer o el señor Cueva me miró desde su trono, frente a mí o desde el otro lado del tiempo, pronunciando las palabras secretas, y el señor Cueva cerró los ojos y yo cerré los míos y el tiempo volvió a nacer en alguna parte.

El señor Cueva liberó mis manos y se pasó los dedos por el pelo.

"Saboréelo, haga suyo este momento. Acaba de cruzar una puerta que raramente se abre. Algunos hombres han cometido crímenes inconcebibles para tener tan solo la oportunidad de estar cerca del lugar que usted ocupa ahora mismo. El hada verde lo ha elegido, y esta noche usted ha obtenido el don de ver y de conocer de maneras que jamás ha siquiera imaginado. A partir de aquí, la verdad o lo real o lo esencial tendrán sentidos mucho más profundos, su mundo ha dejado de ser el que era hace unas horas. Usted ya no es un cadáver."

Aparte de una desagradable, aunque leve, sensación de presión contra las sienes, el dolor de cabeza había desaparecido, de hecho, me sentía muy bien, como jamás lo había hecho antes, ligero y vigoroso, más lúcido que nunca, como si aquella ensoñación hubiese afilado mis sentidos de una manera extraordinaria, y, sin embargo, ni siquiera podía estar seguro de estar despierto. Alcides y sus secuaces habían abandonado el café. Estábamos solos, el señor Cueva y yo.

"Está despierto, no tenga ninguna duda, señor Faber. De hecho, nunca ha estado tan despierto como lo está ahora," dijo. "Usted ha visitado uno de esos momentos infinitos de los que le he hablado antes. El hada verde es uno de los modos de cruzar a través de los portales que giran alrededor de estos momentos, uno de las más primitivos, si me lo permite; por supuesto existen otros, más peligrosos, más gratificantes… Allí es donde ha estado y allí es donde nos ha visto, a Caleb Osterberg y a mí, en esta misma ciudad, dentro de cien años," sonrió. "Osterberg es su futuro, señor Faber, y, paradójicamente, usted es el futuro de Osterberg, su pesadilla más espeluznante, su enemigo, su asesino. El tiempo ondula, eternamente, alrededor de incontables corrientes sin dirección. Ya lo comprenderá…" Sacó un anillo plateado de su dedo índice y me lo tendió. "Póngaselo, le traerá suerte. No se lo quite nunca, ya me lo devolverá cuando regrese de su viaje. Estaré aquí mismo, esperándolo. Tenemos mucho de qué hablar, usted y yo."

Se levantó y caminó de vuelta al escenario. El estruendo opaco de sus pisadas me sobrecogió de la misma manera que la había hecho en aquella otra vida. El señor Cueva cerró los ojos y se inclinó sobre el piano, y la sombra del batir helado de las alas de los cuervos sobre las teclas escarlata corrompieron el Rey Sapo de belleza.

"Márchese," dijo.

TRES

1

Rodrigo y Louretta esperaban abrazados en el fondo de una plataforma manchada de vocerío y de vapor helado, de bolsas de viaje de tela barata tiradas entre pequeños cúmulos de nieve embarrada, de corazones descosidos, de cadáveres asustados.

"¡Lázaro!" exclamaron los dos al unísono.

"No traes mala cara, diablos... Ni siquiera esperaba verte por aquí esta mañana," bromeó Rodrigo.

"¡Tan apuesto como siempre, soldado!" dijo Louretta besándome en la mejilla, su mirada, tan limpia como siempre, congelada tras la escarcha implacable de aquella despedida; los labios contraídos de miedo y de tristeza. "Cuida de Rodrigo, te lo ruego. Este idiota nunca ha sabido valerse por sí mismo..."

"Descuida, Lou, te lo devolveré de una pieza, te lo prometo," respondí.

Louretta se esforzaba en vano por evitar aquellas lágrimas, y arrugaba su minúscula barbilla y arrugaba con violencia la camisa de Rodrigo, como si así pudiera hacer desaparecer aquella mañana o todos aquellos meses que se le venían encima. Rodrigo la besó en los ojos y Louretta besó a Rodrigo en los labios y se abrazaron una última vez y Louretta se marchó sin decir nada más, y los dos, Rodrigo y yo, la vimos desaparecer, tan leve como un copo de nieve extraviado, detrás de aquel absurdo ensordecedor.

Permanecimos callados durante unos minutos, las miradas abandonadas en el final invisible de las vías. Para cuando el tren llegó a la estación, aquel silencio fúnebre había asfixiado la nave entera y la Estación Central era una lóbrega necrópolis de huesos desenterrados.

CUATRO

1

"Es imposible, Lázaro; no te creo. ¿Me estás diciendo que no lo viste, que no sentiste nada extraño?" insistió Rodrigo, sentado como podía sobre su escaso equipaje, tratando de mantener el equilibrio contra las incesantes sacudidas del tren. Habíamos tenido la suerte de encontrar un hueco en el que sentarnos sobre nuestros bultos antes de que todos los pasillos de aquel tren se abarrotasen de soldados, de la mezcla más desagradable de aromas y de sonidos, de sudor y de saliva y de alcohol, de flatulencias y de risotadas y de eructos estruendosos, de toses y de maldiciones y de incredulidad.

"No sé a qué te refieres," mentí. Apoyé las puntas de los dedos sobre el suelo del pasillo para no caer hacia los lados. "No vi nada extraño, Rodrigo; tampoco sentí nada fuera de lo normal. Bebimos, charlamos sobre Madrid, sobre esta guerra, y me marché a casa temprano. Por cierto, tu comportamiento disgustó mucho a Alcides. No estoy seguro de que quiera volver a verte por allí," bromeé.

"Mira, no sé qué pasó anoche, pero sí sé que mientes…" buscó dentro de la camisa y sacó aquel viejo rosario de madera que siempre llevaba anudado alrededor del cuello. Lo agarró con fuerza dentro del puño. "Había algo alrededor de ese hombre que me repugnaba, pude percibirlo en el mismo momento en el que me senté en la maldita mesa, pero no le di importancia, al fin y al cabo, se suponía que íbamos a estar allí solamente un momento… Pero, escucha, es posible que bajase la guardia, aunque sospecho que lo hizo porque quiso que yo lo viese, en cualquier caso, cuando hablaba de aquella botella y de su tristeza, me miró a los ojos durante un segundo y te juro que aquel instante fue el más aterrador de mi vida… La mesa no era casualidad, Lázaro, lo que vi fue la mirada de la maldad y de la degeneración más absolutas. Si Lucifer existe, anoche pude ver su rostro."

"¡Rodrigo, por favor!" me quejé.

"No me crees, nunca lo haces. Lázaro el librepensador…" guardó el rosario bajo la camisa y trató de reacomodarse sin éxito. "Me trae sin cuidado lo que creas, pero me asusta que no me cuentes la verdad. Espero que sepas lo que haces… Yo estoy seguro de lo que vi, acabábamos de llegar, no estaba borracho, joder, y tengo la sensación de que ese señor Cueva tenía planes para nosotros, para ti. Ten cuidado, nada más."

Estuve a punto de confesarle que sí, que por

primera vez en la vida le creía y que yo también lo había visto, el mal, que aquellas historias suyas de las que tantas veces me había burlado eran seguramente ciertas, que los demonios existen, y que aquella mesa en el Rey Sapo pertenecía realmente a Lucifer…

"Bonito anillo, por cierto. ¿Cuándo lo has comprado?" preguntó Rodrigo, acercando los dedos hasta el anillo que el señor Cueva me había prestado.

"Es un regalo de mi padre," volví a mentir.

Inesperadamente, una botella alargada, empapada de vaho, emergió de aquella fronda de entrepiernas y culos españoles que nos envolvía. Por detrás, un brazo pálido y enorme, recubierto de cicatrices y de toscos tatuajes carcelarios, empujaba la botella hacia nosotros.

"¡Caliéntese, camarada, beba un buen trago!" gritó un gigante rubio sentado en cuclillas frente a nosotros.

Acepté la botella y di un sorbo más que generoso, no quería defraudar a aquel hombre. La lengua, el paladar, y después la garganta y el pecho, aquella poción me abrasó por dentro. Una atronadora risotada explosionó desde el otro lado del pasillo.

"¡Whisky andaluz! ¿Qué le parece, camarada?" tronó el gigante.

"Una auténtica mierda, si me lo permite, prácticamente un atentado," contesté entre lágrimas de alcohol.

El gigante volvió a reír, indudablemente complacido por mi evaluación. Me sequé los labios y pasé la botella a mi derecha, hacia Rodrigo. El gigante rubio dejó de reír súbitamente.

"Para el chino no hay nada," dijo secamente.

Recuperé la botella de los dedos entumecidos de Rodrigo y se la devolví a aquel hombre.

CINCO

1

La travesía del Kinsale hasta Manila se prolongó durante algo más de dos meses desde Cádiz en el mar Mediterráneo hasta el mar Rojo y el océano Índico a través del canal de Suez. Como tantos de nosotros, nunca había visto el mar, y aquella tarde de olor a brea en la bahía de Cádiz, poco antes de que el cielo oscureciese entre el graznido estrepitoso de las gaviotas y el bocinar lejano de los vapores, fue la primera vez que lo contemplaba. Jamás había siquiera imaginado una soledad tan profunda y tan perfecta como aquella, una melancolía que era tan vasta que encerraba el aliento del mundo entero, y pese a que anochecía y los colores en el puerto eran los de una catedral rebosante de velas, y aunque las olas se mecían contra los muelles con ese rumor inofensivo, tan sereno, del que hablan las canciones, lo único que podía sentir desde aquellas últimas rocas sobre las que descansaba era un miedo limpio y helado, el silbido atroz del horror que sabía que me esperaba más allá del confín del cosmos negro sobre el que estaba a punto de descender.

2

Embarcamos por la mañana al tiempo que éramos bombardeados por una cacofonía desconcertante de gritos y de carreras y de órdenes incomprensibles. Lo primero que nos recibió a bordo del Kinsale fue una humedad agria y pegajosa que ya no nos abandonaría a lo largo de todo el viaje, un hedor abstracto que parecía emanar desde todas partes, de las maderas y de las telas, de los animales que convivirían con nosotros en el vapor, de la comida, de la ropa y de la piel de los propios marineros y que no tardó en impregnar también las nuestras. Durante aquellos primeros días solo parecía haber vómitos y mareos, pero también aprendimos a convivir con los enjambres de ratas y de cucarachas que rodeaban nuestras hamacas cada noche, a extraer los insectos y los gorgojos de nuestras raciones, a evitar aquel agua putrefacta para solo confiar en el vino, y a medida que atravesábamos el Mediterráneo a través de vendavales y de tormentas interminables, y las mañanas de calor sofocante eran sucedidas por noches de vapor penetrante y frío en las bodegas, yo no dejaba de presentir los ojos blandos del mar o del señor Cueva fijos en mí, vigilándome constantemente desde aquella mañana en la que habíamos partido del puerto de Cádiz. La sensación de ensueño llegó a ser tan sólida que, aislado dentro de aquella existencia extraña del Kinsale, tan alejado ya de mi vida, me pareció estar rompiendo definitivamente con aquellos últimos hilos de cordura que aún me sujetaban a la realidad tras la última noche en el Rey Sapo, y una náusea incesante succionaba y chupaba y me consumía desde la garganta y me parecía estar haciendo equilibrios sobre el borde de un precipicio insondable que estuviese esperando un descuido, a que tomase impulso y saltase para hundirme más y más y más y más en el centro de aquella maldita náusea.

3

Nuestro escuadrón era uno de los menos numerosos; se componía de apenas siete soldados: junto a Rodrigo y a mí estaban los hermanos Martí, Biel y Pau, dos simpáticos hermanos catalanes, y también Ekaitz Harrar, aquel navarro siniestro, raquítico, macilento y medio mudo, Gaspar Ribaya, un leonés irritante y desconfiado, constantemente malhumorado, y, por fin, otro madrileño, un bravucón de Embajadores, largo y musculoso, tatuado como un pergamino egipcio, Boris Stoyanova, el gigante rubio. Cada mañana pasábamos revista sobre la cubierta principal y recibíamos instrucción y ejercicios de tiro junto al resto de la compañía, y, una vez a la semana, asistíamos en la limpieza y desinfección y fumigación de cubiertas, bodegas, sentina y sollados, animados por los airados soliloquios de Ribaya, por las excéntricas muecas de Harrar. El resto del tiempo era nuestro, aunque no tuviésemos nada que hacer con él.

"Ahí lo tienes, el muy cabrón está apartando los gusanos para untarlos en el bizcocho," dijo Pau Martí, apuntando con su navaja hacia Harrar, que comía solo, como era su costumbre, sentado en el suelo entre dos mesas.

"Fotre, Pau, quin fàstic, aquesta completamente boig!" exclamó su hermano, Biel, sin dejar de sorber la menestra.

"¿Qué dices? ¿Acaso no sabes hablar castellano?" gritó Stoyanova. "Tú, chino, ¿qué ha dicho este? Tú le entiendes, ¿no?"

"Déjale en paz, rubio, joder," dije yo. Stoyanova rio de aquella manera tan desagradable y escupió un trozo de pescado al plato.

"Pero, por qué no me habrán destinado a Cuba, joder, a las malditas Marianas…" se lamentó Ribaya.

"El navarrès ens matarà a tots…" susurró Biel Martí.

"Me tienes hasta los cojones, catalán," suspiró Stoyanova.

"…i el primer seràs tu, rubio," rio Biel. "Et va a ficar la navalla pel cul…" y brindó, feliz, con su hermano.

"Imbéciles, nunca se brinda con vino español, trae

mala suerte," volvió a quejarse Ribaya.

Stoyanova se levantó ardiendo como un demonio y empujó su silla al suelo, y los hermanos Martí le imitaron alzándose al unísono, desde el otro lado de la mesa, una navaja en cada mano para plantarle cara al rubio.

"Ha encontrado una cucaracha en el agua. Joder, el muy cerdo se la va a comer…" dijo Rodrigo.

"Mucho mejor que esa carne descompuesta que tenemos que comer los sábados, muchísimo mejor," se lamentó, una vez más, Ribaya.

Y todos abandonamos nuestras menestras, el bacalao y las peleas, para contemplar atónitos cómo aquella cucaracha agitaba excitada sus extremidades sobre la lengua larga y seca de Harrar.

Los forcejeos, los puñetazos y los cortes, la ocasional pérdida de un ojo, no eran incidentes excepcionales. Aquellas riñas no eran siquiera reprochadas por los oficiales, que las pasaban por alto. Qué diablos iban a hacer, cientos de cuerpos hacinados como los de animales muertos, atrapados en un océano de sal y vómitos y enviados a la fuerza a aquellas islas fantasma para sacrificar y ser sacrificados en el nombre del rey de España, hombres jóvenes cuyo único entretenimiento era el vino y el aguardiente y que preferían la compañía de las ratas y de la sarna a los monólogos interminables de tipos como Gaspar Ribaya, por las mañanas y por las tardes, por las noches, aquel bastardo protestaba incluso dormido. Cómo no querer romperle los dientes a cualquiera, si lo inexplicable es que todos estos viajes no terminen convertidos en masacres.

4

"No creo que lo soporte, Lázaro, todo esto…" dijo Rodrigo. "No hay día que no piense en lanzarme al mar."

Reí, aunque sabía que no bromeaba. Mientras Harrar exploraba el vapor en busca de insectos y los demás jugaban a las cartas, Rodrigo y yo pasábamos otra tarde fumando en silencio en el entrepuente, cerca de la cubierta principal. Rodrigo liaba otro cigarro sin prestar atención; sostenía la mirada sobre las rozaduras en la puntera de sus botas. Las heridas que aquel cúmulo de infiernos de la travesía estaba infligiendo sobre Rodrigo eran de tal naturaleza y profundidad que yo ni siquiera había sido capaz de intuirlas, y a medida que el Kinsale continuaba su marcha hacia el este, mi amigo se transformaba en un hombre frágil y melancólico al que me costaba reconocer, impregnado de una flacidez que me recordaba a aquella de mi padre y que me repugnaba de tal manera que, poco a poco, me iba separando de él.

"Dos mil cochinas pesetas, Lázaro…"

"Por el amor de Dios, Rodrigo, déjalo estar... ¿Acaso no era esto lo que querías?" grité, furioso. "Fuiste tú el que elegiste estar aquí y fuiste tú el que me arrastraste a mí, es culpa tuya que estemos en este asqueroso barco."

Una enorme ola golpeó violentamente el casco del Kinsale y el esqueleto del barco tembló y crujió durante unos segundos. Comenzó a llover con fuerza.

"¿Pero qué coño pensabas que iba a ser esto? Soñabas, quizá, que ibas a poder darte un baño cada mañana, que alguien iba a lavar tu ropa y que ibas a dormir en una puta cama, en tu propio camarote, que la carne no iba a estar podrida y que no ibas a echar de menos el poder beber un maldito vaso de agua... O pensabas que al fin ibas a ser uno más, que entre soldados ya no ibas a ser el puto chino de siempre y te equivocaste y vuelves a estar solo... Escúchame, vas a estar mucho tiempo en este barco y, cuando lleguemos a esas islas de tus padres, estoy seguro de que lo único que todos esos primos tuyos de Manila van a querer de ti van a ser tus cochinas tripas de español, de modo que entre antes te hagas a la idea de que esta va a ser tu vida durante los próximos meses, mejor para todos."

Grité, escupí toda la inmundicia que llevaba dentro contra Rodrigo, estrangulaba su brazo con la rabia con la que querría haber estrangulado su garganta. Es lo que quería hacer, culparlo de todo y ejecutarlo... Cómo me asqueaba aquella debilidad, su dependencia de mí desde aquella tarde de hacía demasiados años en la calle de Toledo, su inquebrantable sumisión, y deseé haber tenido el coraje suficiente como para obedecer a lo que el océano arrebatado me susurraba insistentemente, haberlo empujado al agua en el mismo instante en el que el cielo empezó a sangrar y la lluvia se había coloreado de rojo sobre aquellos tentáculos resbaladizos que babeaban desde las olas, reclamando una víctima, un sacrificio de piel y de hueso y de espíritu.

Las acometidas del mar contra el Kinsale cesaron abruptamente y aquella tempestad amainó tornando en una finísima llovizna. La cabeza me daba vueltas, como si acabase de despertar repentinamente.

"Perdóname, Rodrigo, te lo ruego. No sé qué demonios me ha pasado, no he querido decir todo eso…" Era incapaz de mirarlo a la cara. Su tabaco había caído al suelo y sujetaba el papel con las puntas de los dedos. Estaba temblando.

"No hay nada que perdonar, Lázaro. Todo lo que has dicho es cierto. No estaba preparado para esto, de hecho, no sé qué esperaba, desfiles y fotografías disfrazado de soldado, supongo, y, sí, también tienes razón en eso, también había esperado ser uno más, por una vez, lo reconozco…" sonrió con un ademán amargo. "Y ya lo ves, aquí estoy, el idiota de siempre."

Le quité el papel de entre los dedos y empecé a darle forma al pliegue, tan despacio como me era posible para no tener que acabarlo nunca.

"La echo de menos, Lázaro. Echo tanto de menos a Louretta…" murmuró.

Solté el papel y lo vi planear sobre las corrientes de aire hasta que desapareció en la cubierta. Quise haberlo abrazado, decirle que todo iba a ir bien y que volvería a ver a Louretta muy pronto, pero los dos permanecimos en silencio, inmóviles, contemplando cómo lás hebras de tabaco que habían caído al suelo se esparcían hasta perderse más allá de los límites de la sombra que nos rodeaba.

SEIS

1

No quedaban más de dos semanas para alcanzar Manila cuando el Kinsale atracó en el puerto de Singapur. Era la primera vez que abandonábamos el barco desde que partimos de Cádiz, y paradójicamente, y como si ya hubiese hecho mía aquella manera de caminar sobre las aguas, la primera impresión que tuve al cruzar la pasarela de camino al muelle fue la de una extraña indisposición, un brusco rechazo de mi cuerpo a moverse sobre la tierra firme que, por fortuna, duró poco tiempo.

Al contrario de lo que había sido la primera parte del viaje en el Mediterráneo, la travesía a lo largo del Océano Índico transcurrió de una manera casi apacible para la tropa que navegaba a bordo del Kinsale. Nada había cambiado con respecto a las condiciones en las que nos veíamos obligados a viajar, el hedor persistente, la sarna que se mezclaba entre los cuerpos apestosos de los soldados o el mal estado de los alimentos, pero, de alguna manera, habíamos logrado acostumbrarnos o conformarnos con todo aquello, y lo único que nos preocupaba de verdad era ver Manila lo antes posible. Tras una corta parada para carbonear en Puerto Saíd, en el corte de agua que une o separa África de Asia, descendimos hacia el mar Rojo a lo largo del canal de Suez, y dejamos atrás las ruinas de Tanis o Zoán, la antigua capital de los egipcios y la ciudad de Ismailia en el Lago del Cocodrilo, el aura pantanosa del Gran Lago Amargo y las puertas del Canal del rey Nekau, la ciudad del dios Atom, el dios serpiente que soñó consigo mismo para nacer en Nun, el gran abismo primigenio. Después, desde Suez y el mar Rojo, el Kinsale navegó el mar de Arabia hasta Sri Lanka en el mar de Laquedivas atracando en los puertos de Adén y Colombo para reabastecerse de provisiones y combustible, y, desde allí, atravesó el Océano Índico para llegar hasta el estrecho de Malaca y, por fin, atracar en el puerto de Singapur. Y a medida que los días nos separaban de Madrid hasta convertirla en un recuerdo más, yo empujaba a Rodrigo cada vez más lejos de mí. Su resignación y su sometimiento frente a las burlas y los insultos y las humillaciones, la ausencia de resistencia o de respuesta tras el maltrato y el desprecio de otros soldados, chino, chino, chino, chino, su mirada de mártir, aquel tono afligido y culpable que gritaba tirando de mí todo el tiempo, llegaron a hacerse insoportables. Quería apartarlo, deseé poder haberlo encerrado en alguna celda remota; no me toques, ni siquiera te acerques a mí, qué haces, acaso quieres contagiarme tu mal, tu deformidad, tu maldita enfermedad.

Tan pronto pude recuperarme de aquel vértigo que me había paralizado nada más poner un pie en la orilla sur del río Singapur, la zona del puerto a la que los chinos de la ciudad llaman, por su forma, la barriga de la carpa, fui sacudido por otra clase de conmoción, y durante un instante precioso regresé a aquel paisaje coloreado de nácar del río de las lavanderas de mi niñez. Frente a mí, y hasta el principio del horizonte, se extendía el inmenso flamear de un millón de lonas blancas, las velas de los praos malayos y de los sampanes chinos o indonesios que se disputaban los puestos de atraque en el puerto, de los pequeños juncos cargados de arroz o de pimienta o de especias que eran descargadas con premura sobre los hombros extenuados de decenas de culíes chinos o indios que se movían sin descanso entre los atraques y los almacenes y las casas de comercio del puerto, y seguía a aquellos culíes que corrían de un lado a otro cargados con sus pesados fardos, y los acentos y los aromas y las luces y los sonidos de aquella ciudad parecían formarse y crecer a su alrededor, comerciantes persas y armenios y árabes, representantes chinos capaces de hablar el portugués o el holandés, judíos y siameses discutiendo sobre puestos repletos de sal y perlas y opio y porcelana, un vaivén constante de gentes de todas las maneras, europeos, los menos, españoles arrogantes y franceses impertinentes y alemanes engreídos, ingleses inflamados de alcohol, y una brisa constante de destellos multicolor en las sedas y los terciopelos y las muselinas de Bengala, y los tonos rosados de las lámparas de papel que llovían desde los arcos y desde los portales, y los misteriosos dorados que parecían evaporarse de las ventanas y escaparates que rodeaban la vida en el puerto custodiándola como iris gigantescos, y abriéndose paso entre aquel desorden magnético y perfecto, reconocí un rumor desapacible, casi un graznido…

"Escolta, Lázaro, et vas a moure o penses quedarte a viure aquí? El Pau s"ha marxat i anava corrent, ja deu haver arribat a Batavia…" dijo Biel Martí.

"¿Eh?" como tantas veces, no había entendido una palabra de lo que Biel había dicho.

"Que despertis ja, collons!" gritó, y, esta vez, lo entendí.

Dimos alcance a Pau cerca del puerto, en un entramado de callejones mugrientos y mal iluminados en los que se amontonaban diversos puestos de comida. Comenzaba a atardecer y el pestilente vapor que emanaba de todos aquellos recipientes metálicos era tan denso que no vimos a Pau hasta que se abalanzó sobre nosotros.

"¡Esto es el Paraíso, amics!" exclamó, con la boca llena. Tenía las manos ocupadas con un asqueroso revuelto de pedazos pardos de carne. Masticaba y tragaba eufórico.

"Pau, ets un porc, home, has arribat abans per no haver de compartir," dijo Biel.

"¿Qué es ese barro que estás comiendo, Pau?

Tiene un aspecto repugnante," dije. Lo tenía, era vomitivo.

"No tengo ni idea, esa bruja ni siquiera me lo quería vender, pero te juro que está bueno… Esta mierda es, con mucho, lo mejor que he comido en las últimas semanas," contestó, metiéndose otro pedazo en la boca.

"La mare que em va parir, quin fàstic, Pau. Demà menges amb el Harrar, ja ho saps. Vingui, anem a buscar una cervesa, amics, estic sec!" concluyó Biel, lanzando los puños al cielo, de manera indescifrable para mí.

2

Seguí a los hermanos Martí a través de aquel pegajoso laberinto de niebla. Rodrigo había preferido permanecer en el vapor para disfrutar, quizá, de aquellas pocas horas de desacostumbrada quietud en el barco. Los demás, Stoyanova, Ribaya, incluso Harrar, exploraban las calles al este del río en busca de todos aquellos prostíbulos japoneses de los que la marinería del Kinsale había estado hablando sin cesar desde que partimos de Colombo. Uno no podía menos que sentir piedad por aquellas mujeres que estaban a punto de ser violadas y humilladas y reducidas a ser nada por aquella piara de patanes sucios y brutos disparados contra la ciudad, aquella noche y todas las otras noches. En cuanto a los Martí, aquellos dos no tenían otra misión que la de encontrar una taberna, la cerveza se encontraba en el pináculo de su minúscula pirámide de necesidades, y en eso no se diferenciaban demasiado de mí, una jarra de stout o una cerveza y olvidarme por una tarde de aquel vino infecto de todos los días.

A medida que nos alejábamos de los muelles, las calles se hacían más oscuras y silenciosas. Los marineros nos habían recomendado las tabernas alrededor de la calle Almeida, al suroeste del puerto, por el único motivo de que aquel era el único nombre de calle que íbamos a poder recordar. Las indicaciones nos habían parecido lo suficientemente sencillas, pero, por supuesto, no tardamos en adentrarnos en las calles equivocadas y perdernos. Caminamos durante demasiado tiempo sin que prácticamente encontrásemos señales o carteles que nos indicasen dónde estábamos o hacia dónde debíamos dirigirnos, y, de todos modos, los pocos carteles que había estaban escritos en chino. Tampoco había nadie a quien preguntar. El fango y la porquería eran el único pavimento de aquellas callejuelas cada vez más estrechas, y de las fachadas, tan mugrientas como estaban los suelos, colgaban todo tipo de trapos y de prendas que flotaban sobre nosotros como condenados que hubiesen escapado del Infierno para prevenirnos de alguna amenaza.

"Hauríem d''haver anat a l''bordello," suspiró Biel.

Por fin, al final de una calle especialmente oscura, vimos a una anciana que, sentada en cuclillas, parecía estar limpiando algún tipo de pescado. Caminé por delante de los Martí, me acerqué hasta ella, y pregunté de la única manera que era capaz.

"¿Almeida?"

Levantó la cabeza y me contempló sin interés, su mirada parecía estar completamente vacía. Algo se revolvió entre sus manos. Era un enorme sapo cubierto de sangre y baba al que la anciana arrancaba la piel mientras todavía estaba vivo. A su lado, en el interior de un cubo de latón, los músculos sanguinolentos de tres o cuatro sapos ya desollados resbalaban brillantes los unos contra los otros, como si aquellos animales desgraciados no quisieran saber que ya estaban muertos.

"¿La calle Almeida, por favor?" volví a preguntar, horrorizado.

Sin hacer otro ademán, la anciana apartó la mirada de mí y continuó despegando aquella piel gris del animal con la ayuda de un pequeño cuchillo. Y entonces, cuando ya me disponía a darme la vuelta para marcharme, la anciana giró la cabeza repentinamente. Algo había llamado su atención a nuestra espalda. Su cuerpo se agitó de arriba abajo y se echó de espaldas contra la pared, y aquellos ojos que me habían examinado con indiferencia hacía apenas unos segundos, resplandecieron de terror. Aquella pulpa atroz se deslizó desde sus manos y se desplomó contra el lodo; la anciana había quedado petrificada. Los tres nos volvimos al unísono. A pocos metros de nosotros, dos figuras encapuchadas, deformadas por la exigua luz de la luna y la pastosa densidad de la niebla, nos vigilaban. Desde nuestra posición al otro lado de la bruma que nos separaba, podíamos escuchar claramente el bisbiseo acuoso y obsesivo que escapaba de sus bocas anormalmente alargadas, una respiración ahogada, no muy diferente de la de aquel anfibio mutilado que se retorcía agonizando en aquel espacio entre mis botas y los pies desnudos de la anciana. Sus torsos oscilaban de una manera casi imperceptible, como lo harían los de dos reptiles, dando la repugnante impresión de carecer de espina vertebral, y sus pupilas resplandecían con una maldad inmaculada desde los márgenes de la calle.

"Vámonos de aquí ahora mismo," dije, agarrando a Pau del brazo.

"I què fem amb la bruixa, la deixem aquí?" preguntó Biel.

"Joder, Biel, llévate a tu novia contigo si quieres, yo no pienso enfrentarme a esos dos hijos de puta..." gritó Pau, que ya nos llevaba varios metros de distancia.

Corrimos sin saber hacia dónde corríamos, saltando a ciegas sobre los hilos de aquella claustrofóbica tela de araña que se extendía hacia todas partes, tratando de escapar de aquellos delirios espantosos que se alargaban sobre nosotros. Corrí sin atreverme a mirar atrás, porque podía oír cómo aquellos seres avanzaban aprisa, arrastrando los pies sobre la arena, trastabillando sobre charcos y barrizales, aquel resuello agudo y desfallecido de sus gargantas, y aunque pareciese que fuesen a tropezar o abandonar la persecución en cualquier momento, cada vez estaban más cerca de nosotros, impulsándose con aquellos brazos tan largos, y sus grotescas extremidades podían ya casi tocarnos y la humedad pastosa de su aliento salpicaba la calle entera. Pau volaba por delante, pero Biel y yo estábamos extenuados y nos costaba seguir corriendo, mis piernas no tardarían en dejar de sostenerme y mi corazón latía tan aprisa que sentí que iba a desvanecerme en cualquier momento.

"¡Lázaro, por aquí!, ¡Biel!"

Frente a nosotros, a tan solo unos pocos pasos, se elevaba una corta escalinata de mármol gris. Pau nos hacía señales desde los últimos peldaños. Detrás de él, un piano contaba una historia de violencia, triste y salvaje y, sin embargo, hermosa, invocándonos desde el lado opaco de una puerta que se abría como una boca al final de la escalera.

3

El interior del Syaitan era un triángulo perfecto de paredes largas y oscuras. El lado de la izquierda estaba ocupado por una elegante barra construida con maderas de arce o de pino, y varias velas dispuestas a lo largo de la barra servían como única iluminación del establecimiento. La luz de estas velas era reflejada sobre la taberna por un espléndido espejo grabado con la gran rueda de ocho puntas del dharma, el símbolo budista del conocimiento, que cubría por completo la pared.

El significado de los signos que adornaban el techo y las otras dos paredes me era completamente desconocido. Pude ver varias estrellas de cinco puntas y lo que me parecieron primitivas representaciones de arañas y de serpientes, pero lo que más abundaba eran aquellas extrañas líneas retorcidas que se curvaban para atravesar otras líneas que cruzaban círculos atrapados dentro de otros círculos, y cada uno de aquellos signos parecía haber sido dibujado por una mano diferente, sus tamaños eran diversos, al igual que el detalle y la sutileza de los trazos que los componían. También era evidente que algunas imágenes habían sido grabadas sobre las paredes hacía ya mucho tiempo mientras que otras, la pintura escarlata aún brillaba desde la pared, eran recientes. El resultado era perturbador, un sinfín de marcas púrpura que se superponían, penetrando y seccionando y devorando otras marcas púrpura sobre aquel inmenso cielo negro que nos envolvía como un pensamiento monstruoso. Varias mesas redondas se repartían alrededor de la única columna de la taberna; las ocupaban mujeres y hombres chinos que bebían cerveza y fumaban tabaco y hachís en pipas de cánulas de madera, desprendiendo ese hálito rocoso típico de las gentes de los subterráneos. Echados contra la pared que quedaba a nuestra derecha, los cuerpos flácidos de los fumadores de opio y el bambú y el marfil y la cerámica y la plata de sus pipas se evaporaban indiferentes entre espesos sueños de gelatina, y al fondo, en el vértice más lejano del triángulo, como un encanto que absorbiese la energía entera del local, un piano y una mujer y una canción.

Aunque aquella taberna no fuese exactamente lo que buscábamos para pasar la noche, cualquier agujero era preferible a volver a la calle y al encuentro con aquellos dos espectros, de modo que hicimos una señal a la solitaria camarera que habitaba la barra y nos acomodamos en una de las pocas mesas que quedaban desocupadas. Nadie se fijó en nosotros, porque en aquel momento, lo único que existía en el mundo ocurría en una esquina mal iluminada del Syaitan de Singapur. Su cabello era una noche espesa y abundante que se derramaba como un llanto sobre su rostro, sus grandes ojos dorados caían con tristeza hacia los lados, y sus pestañas de afiladas dagas negras aleteaban como amenazas sobre el color azul de los párpados; una nariz de niña sobre unos labios rojos como un éxtasis y una tez tan clara como una canción de cuna. Los tallos de jazmín que eran sus brazos terminaban en diez lenguas de carne y fuego que lamían y chupaban y acariciaban y golpeaban las teclas, y aquella música, su voz árida y dominante y húmeda como un sexo, hicieron girar y girar y girar a todos aquellos símbolos sobre las paredes en una danza de significados antiguos y secretos, y los signos nadaron como sueños sobre nosotros y nuestros pensamientos fueron los mismos que los suyos y, al fin, nos abandonaron para bailar con ella, y las llamas sobre aquellas velas también se agitaron y algo resplandeció en el espejo.

Cómo podía haberlas pasado por alto, aquellas figuras humanas que rodeaban la rueda del dharma en el espejo, la delicadeza y la pureza de sus trazos, una obra de arte asombrosa; cómo era posible que no las hubiese visto hasta aquel momento, quizá mis ojos se habían acostumbrado a la penumbra de la taberna. No sé si acompañado o incitado por la voz de aquella mujer, me levanté para acercarme hasta la barra y admirar el grabado de cerca, y cuando estuve frente al espejo y pude contemplarlo en su conjunto, no pude evitar un gemido de espanto. Alrededor de aquella consciencia que era la rueda, un número indeterminado de hombres desnudos, parecía imposible contarlos, como si realmente estuviesen girando o caminando sobre la rueda, formaban una fila. Algunas de aquellas caras aparecían vacías y no contenían rasgo alguno, como si fuesen lienzos en blanco, otras mostraban algunos atributos, pero eran toscos e inexpresivos, y sus facciones se concebían y se transformaban a medida que las imágenes avanzaban sobre la rueda, y por último, había unos pocos rostros que habían sido grabados de una manera tan minuciosa que parecían reales, y estos aparecían atormentados por el dolor más intenso, por un terror inmaculado frente a la figura demoníaca que aguardaba más adelante, una criatura de alas negras y de piel hecha de escamas que los esperaba para desgarrar y devorar sus cuerpos con aquella masa grotesca de apéndices con forma de tentáculos que cubrían su cráneo. Y uno de aquellos rostros llamó mi atención, cada vez más cerca de aquel monstruo, su turno a punto de llegar, y pude ver cómo se estremecía, casi podía oírle gritar desde aquella boca desdentada, la pulpa pálida de sus ojos vacíos, su macabra faz cadavérica… Osterberg, era la voz de Osterberg, "Ph'nglui mglw'nafh Cthulhu R'lyeh wgah'nagl fhtagn," o acaso era la voz de aquella mujer desde el piano…

4

"Mi nombre es Lydia Siam, aunque en esta ciudad me llaman, simplemente, la Reina," dijo en español. La mujer vestía un ajustado vestido de raso rojo que ardía en pequeños incendios con cada uno de sus gestos tan leves y tan precisos como el corte de una cuchilla. Había recortado el vestido de manera que su vientre quedase expuesto, su ombligo, su centro, y quise pensar que allí era donde se escondía el corazón negro del universo y nunca he deseado tanto un pecado como el de aquella noche nívea de la Reina. Agarraba una botella por el cuello. La colocó sobre la mesa, una botella sin etiqueta que contenía un fulgurante líquido verdoso. "No les importará que me siente un momento con ustedes, ¿verdad?" preguntó.

"¡Claro que no!" contestamos Pau y yo.

"Per decomptat, prengui seient!" contestó Biel.

Los tres nos pusimos de pie a un tiempo.

"Lázaro Faber y los hermanos Martí, Biel y Pau," nos presenté.

"Gracias, y encantada de conocerlos, señores," dijo la Reina. Tomó asiento cerrando aquel círculo que era la mesa y encendió un cigarrillo. "Disculpen mi impertinencia, pero hacía mucho tiempo que no había europeos en el Syaitan, y es probable que sea la primera vez que vea españoles por aquí."

"Una casualidad, me temo, lo cierto es que nos hemos extraviado…" rio Pau. "Pero, dígame, ¿cómo ha sabido usted que éramos españoles?" preguntó, limpiando con el antebrazo la huella de espuma que la cerveza había estampado alrededor de sus labios.

La Reina señaló nuestros uniformes de soldados españoles con la punta de su cigarrillo. Dio una profunda calada y el cigarrillo se iluminó como una erupción.

"Aquesta dona és prodigiosa," concluyó Biel. Terminó su cerveza de un trago y le hizo un gesto a la camarera para que trajese cuatro cervezas.

"Oh, no, se lo agradezco, pero yo prefiero disfrutar de la bebida en soledad," dijo la Reina, acariciando con el dorso de la mano el cuerpo de aquella botella que había traído consigo. "Sin embargo, me he atrevido a molestarles porque creo que debo prevenirles, caballeros. Esta zona de la ciudad está controlada por la Sociedad Hai San, y, como les he dicho, no se ven muchos europeos por aquí. Les aseguro que muchos de estos hakka que ahora conversan y beben tranquilamente a nuestro alrededor están esperando a que yo desaparezca para lanzarse sobre esta mesa y divertirse a costa de ustedes."

Entrecruzamos nuestras miradas y examinamos la taberna sobresaltados. Más allá de la naturaleza insólita del Syaitan, no parecía haber nada anormal. En efecto, aquella gente charlaba animadamente sobre sus mesas repletas de cerveza y de hachís, aparentemente indiferentes a nuestra presencia.

"¿Y usted?" pregunté. "¿A usted no le preocupa estar sola?"

La Reina volvió a torcer los labios con aquella malicia deliciosa.

"Agradezco su interés, pero, créame, puedo cuidar de mí misma," contestó con desdén. "Por cierto, señor Faber, no he podido dejar de fijarme en su anillo. Parece muy antiguo. ¿Pertenece a su familia?" y aunque mis dos manos permanecían firmemente cerradas sobre la mesa, tuve la vívida sensación de que, al mismo tiempo, la Reina tomaba mi mano derecha y la alzaba sobre la mesa, y sentí cómo sus uñas apuñalaban la palma de mi mano y la rasgaban hasta la muñeca, y una corriente perversa de dolor y de placer me recorrió hasta el pecho y la Reina me atrajo hacia su boca y mordió mis labios y mordió mi lengua y volví a estremecerme cuando arrastró los dientes y arañó y lamió y arañó y lamió y arañó mi piel desde los labios hasta el pecho y presionó mi nuca con los dedos y tiró de mi cabeza hacia atrás y abrió la boca y la estrechó sobre mi garganta y clavó y clavó y clavó sus colmillos hasta que rasgó la piel y mi carne se abrió y la Reina bebió de mi vida y yo deseaba tanto aquella muerte...

"Señor Faber, el anillo... ¿Puedo verlo?"

Los hermanos Martí me observaban perplejos; mis manos continuaban cerradas a los lados de la jarra de cerveza. Me eché la mano a la garganta, que aún ardía, y enseguida la extendí hacia ella para que pudiese contemplar el anillo de cerca.

"Es admirable, una joya formidable, antiquísima..." dijo la Reina. "Pero, no me ha contestado, ¿pertenece a su familia o es posible que lo haya comprado?"

"Me temo que se trata solamente de un préstamo, señora Siam," contesté, pasando las puntas de los dedos sobre el anillo. "Un amigo me lo entregó la noche antes de que esta aventura comenzase. Es una especie de amuleto que se supone ha de darme suerte durante el tiempo que esté alejado de Madrid."

"Debe de tener usted muy buenos amigos, señor Faber. Hágame caso, nunca se quite ese anillo, y, sobre todo, no se olvide de devolvérselo a su amigo," dijo la Reina sonriendo de una manera que me resultó vagamente familiar.

"No lo haré, señora Siam, descuide," contesté, y, entonces, me eché hacia delante y me atreví a preguntar. "¿Podría abusar de su cortesía durante unos minutos más?"

"Claro, dígame, señor Faber, ¿cómo puedo ayudarle?" contestó.

"El espejo, ¿qué sabe de él? ¿Qué significan sus grabados?"

"¿El espejo? ¿Qué te pasa a ti con el espejo?" se burló Pau.

"Un mirall grotesc, lletgíssim, no hi ha dubte..." afirmó Biel.

La Reina encendió otro cigarrillo, se echó hacia atrás, y admiró el espejo durante unos segundos, con admiración o con respeto. Entonces, y sin retirar la atención del espejo, habló. Biel y Pau se miraban divertidos.

"Es un objeto muy antiguo, señor Faber, aunque no lo parezca. Ya estaba aquí cuando adquirí el edificio para abrir el Syaitan y no quise deshacerme de él. Más tarde averigüé que se trataba de un artefacto muy apreciado por los habitantes de esta isla y que había permanecido oculto durante cientos de años. Al menos, eso es lo que dicen…"

Levantó las cejas divertida, dio una larguísima calada al cigarrillo, y se giró hacia la mesa.

"En cuanto a lo que significan sus grabados, ya le digo que es un espejo muy antiguo, y este es un pueblo muy supersticioso. En esta parte del océano se cree que esta rueda, el Dharmachakra, les protege de cierto demonio que es más viejo que el mundo, aprisionándolo para siempre en el fondo de espejos como este. Piensan en estos espejos como en mares insondables en cuyos fondos este mal dormirá para siempre porque, gracias al sello del Dharmachakra, no puede ser despertado. Y yo me pregunto si este silencio tras el espejo no será más que apariencia y si estos signos no serán realmente una llave, si esta prisión en la que estos pobres diablos quieren creer no será verdaderamente una puerta que espera, con paciencia, a que llegue el momento preciso de abrirse."

"No em foti, senyora Siam…" dijo Biel.

"¿Es usted supersticioso?" preguntó la Reina.

Negamos con la cabeza, los tres.

"Quizá debería serlo, señor Faber," aplastó el cigarrillo contra la mesa, cruzó las manos bajo la barbilla, y se concentró en mí. "Mire, los hindúes creen que los humanos disponen de un tercer ojo alojado en la glándula pineal, ellos lo llaman el Ajna chakra, el subconsciente que los conecta con la intuición, con el mundo espiritual, con el futuro y con el pasado, y sostienen que es posible entrenarlo o manipular su poder a través de la meditación, del yoga o de diversas prácticas mágicas… Para algunos, ese tercer ojo es la cárcel en la que habita el alma, y yo le aseguro que si usted tuviese el valor de cerrar los ojos, sería capaz de ver mucho más allá, que si fuese capaz de llegar hasta ese tercer ojo, usted podría ver aquello que se oculta detrás de los reflejos en un espejo, tras los signos dibujados sobre las páginas de algunos libros... Ya sabe lo que dice el profeta de los cristianos: "Y han cerrado sus ojos para que no vean con los ojos," sonrió de lado. "Es posible que un hombre no pueda ver con claridad hasta que no se haya arrancado los ojos, téngalo en cuenta."

Entonces se dirigió a los tres. "Les deseo la mejor de las suertes, caballeros. Vuelvo a aconsejarles que abandonen el Syaitan lo antes posible."

La Reina no dijo nada más, se levantó, cogió su botella, y se desvaneció dentro de la nube oscura de los fumadores de opio al otro lado de las mesas.

5

"Ya lo habéis oído, vámonos de aquí ahora mismo. Espero que esos dos ya se hayan marchado," gruñó Pau.

La camarera arrojó tres jarras de cerveza sobre la mesa.

"Ah, el destí, ¡ara no podem sortir!" celebró Biel.

"Me da igual, Biel, las pagamos y nos vamos…" dije.

"Sí, Biel, no seas idiota," dijo Pau.

Pero antes de que pudiésemos siquiera levantarnos, y como nos había advertido la Reina, uno de aquellos hakka, un hombre corpulento y con el rostro cruzado por terribles cicatrices, se detuvo frente a nuestra mesa. Farfulló algunas palabras en chino y escupió sobre el serrín.

"Ah, cuánto lo sentimos, caballero…" dijo Biel. "No entendemos bien el catalán, y, además, sepa que en esta mesa solo se habla de sellos mágicos, de chakras y de glándulas pineales." Era la primera vez que oía a aquel tarado hablar en español. Saludó al coloso levantando su jarra, y la vació de un trago.

El chino frunció el ceño y colocó sus dos enormes manos sobre la mesa, y pasando por alto la broma de Biel, volvió la cabeza hacia mí. Habló en chino una vez más, aunque esta vez señaló mi mano y el anillo para hacerse entender. No sabía cómo actuar, nos enfrentábamos a un hombre evidentemente peligroso y, además, estábamos en su territorio; pelear parecía una locura, y escapar era imposible. Elevé las dos manos en señal de paz para ganar tiempo, y entonces aquel hombre tiró de mi mano hacia abajo y la sujetó contra la mesa, sacó un enorme sable de entre sus ropas, y, riendo, lo hizo oscilar frente a mi rostro. Los hermanos Martí reaccionaron rápidamente empuñando sus dagas y saltando sobre el chino, pero, en un abrir y cerra de ojos, nuestra mesa estaba rodeada de siniestros Hai San y nuestras tres gargantas prisioneras de los filos de sus aceros.

"T´ho vaig dir, Pau… Anem al bordell, anem al bordell…" musitó Biel.

Por qué no me lo arrancaba él mismo, por qué no se atrevía a tocarlo. Uno de aquellos esbirros apartó las jarras con el brazo y las arrojó fuera de la mesa, inmediatamente, colocó una pequeña bandeja de madera en el centro. El hombre que me había inmovilizado hizo un gesto para indicarme que debía quitarme el anillo yo mismo y ponerlo sobre aquella bandeja. Soltó mi mano para que lo hiciese.

"No," dije. No iba a dárselo, no quería hacerlo. No podía.

Vi cómo la garganta de Biel comenzaba a escupir chorros de sangre sobre la mesa mientras el hombre que lo sujetaba deslizaba la hoja de su sable sobre el gaznate de mi amigo.

"¡No, se lo suplico!" grité.

Traté de moverme para saltar sobre aquel desgraciado, pero los dos hombres que me custodiaban desde la espalda me inmovilizaron inmediatamente. Biel, desencajado, empalidecía por momentos, y cada vez sangraba más desde la garganta, desde la boca, deformada por un terrible rictus de dolor, y Pau, también incapaz de moverse, gemía y se revolvía de cólera. Cuando el Hai San que lo sujetaba descubrió aquellas lágrimas, comenzó a reír como un maníaco, pinchando y haciendo pequeños cortes en la garganta de Pau para divertirse, y aquella carcajada enferma se contagió rápidamente y en pocos segundos la taberna entera reía a carcajadas sobre nuestra sangre. El chino de las cicatrices volvió a cogerme del brazo y empujó mi mano contra la mesa con más fuerza que antes. Levantó el sable en el aire, iba a cortarme la mano. El Syaitan estalló en un sádico coro de gritos y chillidos de placer.

Súbitamente, y antes de que la hoja cayera sobre mi muñeca, las puertas del Syaitan se abrieron y un viento helado empujó el aroma pútrido de la descomposición hacia cada una de las tres esquinas de la taberna. El fulgor espectral de las velas esparcidas sobre la barra titiló durante un instante y desveló las formas encorvadas de las dos siluetas que irrumpían en el triángulo, y el gran espejo al otro lado de la barra reflejó y multiplicó aquella luz y arrastró las sombras de aquel crujido líquido que se deslizaba hasta nuestra mesa y las alargó sobre las paredes y sobre los techos y cubrió la taberna de miedo.

"Jiaolong ..." susurró, aterrado, uno de los Hai San.

Los hombres que me habían sujetado desde la espalda se echaron atrás inmediatamente, y vi como Pau, también libre, se echaba sobre Biel para auxiliarlo. Mi mano izquierda, sin embargo, seguía atrapada, y la hoja abyecta de aquel sable seguía suspendida por encima de mi muñeca. La mano de mi enemigo se estrechaba sobre la mía y temblaba y se retorcía vacilante, y entendí que detrás de su mirada humedecida de codicia y de soberbia que no se separaba de mi anillo, su voluntad libraba un combate contra la de las dos sombras clavadas detrás de él.

"Jiaolong..." repitió otra voz.

Por fin, el Hai San cerró los ojos y sentí aliviado como la presión sobre mi mano disminuía. Retiró su brazo y guardo el sable entre los pliegues de su camisa, respiró profundamente durante unos segundos, se giró, y habló. Las dos criaturas asintieron y, lentamente, se despojaron de las capuchas que habían ocultado sus rostros hasta aquel momento. Y lo que vi me hizo temblar de terror porque, en efecto, aquellos seres no eran humanos, al menos no completamente. Sus dedos, arqueados y arrugados, estaban unidos por medio de trémulas membranas, y me pareció que respirasen a través de unas hendiduras alargadas que palpitaban salivando desde los lados de sus cuellos; tenían la piel recubierta de pequeñas manchas verdosas semejantes a escamas, y sus ojos terribles, enormes, blandos y blanquecinos, carecían de párpados, de modo que permanecían constantemente abiertos. Sus bocas eran finísimas líneas negras que cortaban sus caras de extremo a extremo. Intercambiaron algunas frases, inaudibles para mí, con aquel Hai San, volvieron a cubrir sus cabezas, y se marcharon.

Temí que una vez las dos criaturas se hubieran marchado, aquellos hombres fuesen a continuar torturándonos, pero todos ellos permanecieron inmóviles. El hombre que había querido cortarme la mano ni siquiera se volvió hacia nosotros, solamente señaló hacia la puerta de la taberna.

"Allez! Go!" gritó, en francés y en inglés.

Y frente a él, en aquella última encrucijada en la que la barra moría y las paredes del Syaitan se desvanecían para volver a nacer, el piano de la Reina de Siam se alzaba como un monolito negro, y el color rojo de sus teclas me advertía que no la abandonase, que nunca olvidase a la Reina.

6

Biel ya estaba muerto cuando tendimos su cuerpo sobre una de las lonas de la enfermería del Kinsale. Pese a que habíamos vendado sus heridas con gruesas bandas fabricadas con nuestras camisas, las incisiones eran demasiado profundas y los cortes del sable del hakka habían despedazado su garganta de tal manera que Biel había acabado ahogándose en sus propios fluidos. Aquella fue la segunda y la última vez que vi llorar a Pau, su propio cuello cubierto de heridas y de macabros hilos de seda encarnada, su sangre y la de su hermano nevando sobre los dos cuerpos fríos de muerte y de dolor, abrazados una última vez antes del renacimiento de aquella luz odiosa del amanecer.

"…por el poder de tu Palabra calmaste el caos de los mares primitivos, hiciste calmar las aguas furiosas del Diluvio y calmaste la tormenta en el mar de Galilea…"

Quise arrancarme el anillo y lanzarlo al océano, con aquel rezo mentiroso del capellán y el cuerpo de Biel envuelto en telas de lino, para que la espuma se los tragase y ya no tuviesen nada más que ver conmigo, la muerte de Biel y el Syaitan y la mesa de Lucifer en el Rey Sapo, pero no me lo permitieron, el miedo, la advertencia de la Reina de Siam y mi promesa al señor Cueva. Sabía que la muerte de Biel había sido culpa mía. El único propósito de la aparición de aquellos espectros en Singapur, jiaolong los había llamado aquel chino, y de su persecución hasta el Syaitan y la Reina, había sido el de conducirme de vuelta a la consciencia del señor Cueva y al plan que tenía reservado para mí. De alguna manera, el influjo del señor Cueva sobre mi espíritu a través de los océanos se había debilitado durante las últimas semanas y poco quedaba ya de aquel estrangulamiento constante que había sentido en el Mediterráneo, el sortilegio se estaba quebrando y mi presencia en Singapur había resultado ser la oportunidad perfecta para que el hechizo volviese a hacerme suyo, y si había llegado a albergar alguna duda sobre la veracidad de todo aquello que había sentido o experimentado desde mi última noche en la calle de la Luna en Madrid, la garganta cortada de Biel desplomándose como un desgarro sobre las fauces abiertas del mar de China era la prueba evidente de que aquella pesadilla era tan real como todas las demás.

Un silencio que era intenso y agrio y lacerante encapotó el alma del Kinsale durante los días que siguieron a la muerte de Biel. Faltaban ya pocas jornadas para que alcanzásemos nuestro destino, y aquel asesinato era un recordatorio de lo que nos aguardaba en la isla. Ni Pau ni el resto del escuadrón me habían hecho responsable del crimen de Biel, pero sí había algo parecido a la cautela en sus maneras conmigo, como si aquella desgracia me hubiera convertido en un espejo roto al que no hubiese que mirar por miedo a ser contaminado de su mala fortuna. Al fin y al cabo, era yo a quien la Reina de Siam se había dirigido al llegar hasta nuestra mesa, justo antes de marcharse, y también fui yo el primer objetivo del ataque de los Hai San. Si yo no hubiese estado en aquella taberna, pensaban todos ellos, Biel estaría vivo. Rodrigo fue el único que intentó acercarse a mí, olvidando o perdonando el desprecio con el que lo había tratado durante la travesía, y quiso volver a mi lado y yo no lo quise, aquel apego devoto, su falta de dignidad, y volví a apartarlo de mí como a un apestado, preferí quedarme solo.

Habían pasado solamente dos noches desde el funeral, y la actividad en la batería era la acostumbrada, el crepitar de las hamacas y el crujir de la madera y los ronquidos y las conversaciones en voz baja y los gruñidos y la pestilencia de siempre, pero, aunque fuese difícil acostumbrarse a aquel clima y habitualmente me costaba conciliar el sueño, los acontecimientos de los últimos días me habían agotado hasta el punto de que, a pesar del ambiente, aquella noche caí rendido a los pocos minutos.

Dormía profundamente cuando sentí la caricia de un aliento frío sobre la mejilla. Di por supuesto que se trataba de una ráfaga de aire proveniente de la entrada a la batería y aquella brisa no terminó de despabilarme, y entonces aquel aliento fue transformándose en un resuello tosco y quebradizo, y el tacto desapacible de una epidermis rugosa recorrió, empapada, mi brazo desde el hombro hasta la mano… Salté sobre la hamaca temiendo que alguna de aquellas ratas enormes que se paseaban a decenas sobre las cubiertas hubiese logrado escalar hasta la lona para alimentarse de mí.

Un hombre se inclinaba sobre la hamaca. Al principio no fui capaz de reconocerlo, demacrado, la piel lívida, los ojos tan hundidos y oscuros que pareciese haberlos perdido, la boca arrastrada hacia los lados y hacia abajo, el cabello apelmazado y decolorado por la sal.

"La… za… ro."

Cada uno de aquellos mortecinos golpes de voz era acompañado de pequeños hilos de un fluido amarillento que se derramaba desde las hendiduras abiertas en la garganta de Biel.

"Tú…" susurré, atónito. Eché un rápido vistazo alrededor de la cubierta. La batería entera parecía dormir profundamente y no había nada más que sueño y madera y océano y noche, y quise cerrar los ojos para volver a dormir y escapar y esconderme de aquella alucinación.

"No. Laza…ro. Ven," bisbiseó Biel. "Ven," insistió, y los pliegues de pulpa marchita que envolvían los cortes volvieron a separarse para vomitar aquella bilis de sal y de arena, y su mano, aún mojada, los dedos acartonados de uñas blandas, volvió a rozar la mía y yo la aparté con asco y Biel se estremeció y encogió los brazos y sus ojos casi ausentes se oscurecieron de pena.

Se tocó el pecho, la cara…

"Biel…" dijo. "No te… a… cuer… das de Biel…" Volvió a tenderme la mano, sin tocarme.

"Claro, Biel," dije. "Cómo no voy a acordarme de ti, camarada."

Cogí su mano y salté de la hamaca a la cubierta. Biel me condujo hasta la salida de la batería caminando sobre el rastro de agua de mar que brillaba sobre la madera en el suelo.

7

Cruzo la puerta de tu habitación; ya estoy dentro. Ni siquiera he tenido que abrirla, simplemente, la he atravesado. Estás sentado en el suelo, en el centro de un polígono negro que gira a tu alrededor. Escuálido, consumido, no has comido ni bebido nada desde hace semanas; has perdido el cabello, todos los dientes, y tus uñas se han desprendido, una a una, de la piel agostada de tus dedos. Esta habitación es un ataúd pestilente, el hedor a cadáver, a ti, lo ocupa todo, y la mugre y los excrementos y los insectos te rodean y te cubren y te devoran, Caleb Osterberg, dios de la inmundicia. Frente a ti hay un mueble, un armario, y sus puertas están abiertas. El armario está vacío, no contiene más que un fondo oscuro, pero tú pareces intuir alguna forma o algún sentido tras esa neblina, tus cuencas vacías, no tienes ojos, Caleb, te los arrancaste o te los arrancarás tú mismo, porque también el tiempo gira en todas las direcciones aquí dentro y yo ya estuve aquí cuando lo hiciste, tu ceguera penetra esa nada y sabe cómo interpretarla. ¿Cómo lo haces, Caleb? Es el libro, ¿verdad? Estas páginas antiguas sobre las que te encorvas, sus signos y sus imágenes y sus símbolos son los que han de unirte con lo que se esconde detrás del armario, pero aún no has aprendido a hacerlo, al menos no completamente, el libro todavía no confía en ti. Me coloco detrás, a tu espalda, y yo también me inclino sobre el libro y no veo más que manchas y confusas salpicaduras de tinta que esbozan aberraciones inconcebibles, un desorden ininteligible, un caos que no alcanzo a ordenar. Me siento a tu lado y paso los dedos sobre estas páginas como te he visto hacer a ti y entonces lo escucho, el sonido que hacen las estrellas, el aullido del cosmos del otro lado de esta pared y la llamada de lo que tiene que volver a nacer… Pero las has cerrado, las tapas negras del libro. Me has sentido, ¿verdad? Sabes que estoy aquí y me tienes miedo, Caleb, tu instinto te dice que has de temerme, que no puedes confiar en un ladrón, y echas los brazos hacia mí, como si no supieras que no puedes tocarme, y estiras los dedos en el aire y gimes de miedo y te encoges sobre tu estómago de piel y huesos y escondes el libro entre los brazos y las paredes negras de tu habitación giran cada vez más rápido, más rápido y más rápido.

8

Desde que desperté a la mañana siguiente, no deseé otra cosa que llegara la tarde y la hora de volver a extender la hamaca para dormir y regresar a aquella habitación negra. Poco me importaron las bravuconerías de Stoyanova y Ribaya o la languidez cobarde de Rodrigo, aquellas risitas irritantes que Harrar estuvo dirigiéndome durante toda la mañana, la injusta indiferencia de Pau Martí; nada me importaba más que el libro, verlo de nuevo y pasar los dedos por aquellas páginas y sus signos inescrutables, y aprender a leerlos y poder ver más allá del muro atrapado entre las maderas del armario escarlata.

Estaba seguro de que no se trataba de simples sueños, que mi cordura estaba intacta, y sabía que las palabras del Hada Verde o de Biel, la noche anterior, eran tan reales como el murmullo de las corrientes invisibles que nos empujaban hacia aquella isla de los condenados en el otro confín del mundo. La intensidad de todo lo que había experimentado en la habitación de Osterberg, sobre la roca metálica de aquella estrella a la que el hada me había trasladado, las huellas que habían dejado en mí aquellas experiencias, eran, si acaso, más graves, mucho más profundas que las de aquellas representaciones de las visiones o ensueños o deseos de otros que éramos todos los que viajábamos hacia la isla. Qué era más real o, mejor, cuál era el mundo real, era posible que el señor Cueva me hubiese regalado un don, una llave que abriese una puerta hacia una realidad verdadera, a una existencia en la que, lejos de representar el sueño de otros, fuese mi voluntad la que gobernase el mundo... El libro de Osterberg, aquella era la clave, conocer los signos y sus significados, y aprender a leer y a pronunciar y a traducir los secretos que se guardaron hace eones, hablar con los antiguos y saber cómo ver entre las grietas, reconocer las puertas y comprenderlas y descifrarlas y transformarme en pensamiento para atravesarlas y recorrer las galerías y las brechas y los caminos empedrados de estrellas que viajan entre los mundos.

El libro negro, tenía que arrebatárselo, era lo que deseaban que hiciera, el señor Cueva, la Reina de Siam, era lo que yo ansiaba. Tenía que hacerlo, iba a asesinar a Caleb Ostergberg.

9

Biel apareció junto a mi hamaca de la misma manera que lo había hecho la noche anterior. Esta vez fui yo el que buscó su mano. Él me la apretó con la suya, y me ayudó a salir de la hamaca.

"Laza… ro. Ven," dijo, ayudándome a salir de la hamaca.

"Sí, Biel, vamos…" traté de sonreírle, pero aparté la mirada. Aquellas secreciones de su garganta eran cada vez más copiosas, y el hedor que lo acompañaba, no muy diferente al de aquellas algas podridas que se amontonaban en la bahía de Cádiz, me resultaba intolerable.

"Dime, Biel," pregunté mientras nos desplazábamos sobre la sal y el agua que hacían las veces de camino hacia la habitación de Osterberg. "¿Por qué me hablas en español? ¿Es que ahí abajo no se habla el catalán?"

"Va… mos," contestó, tirando de mí con más fuerza.

El sentido del humor no es el fuerte del inframundo.

10

Osterberg, Caleb, amigo, no sé si te lo he mencionado alguna vez, pero cada vez tienes peor aspecto. Tienes que cuidarte, Caleb, no puedes pasarte el día entero ahí sentado frente a ese libro, no sé, no me parece saludable. Muévete, haz ejercicio, de lo contrario es muy posible que acabes enfermando, ya sabes. Voy a sentarme a tu lado, si me lo permites. Quiero que me lo muestres, enséñame cómo lo haces, Caleb, hermano, lee en voz alta para mí, y dime qué ves dentro de ese armario, detrás de él; acaso ves lo mismo que yo, solamente una pared, un final desierto, nada, o es posible que veas otra cosa y que ese vacío esté lleno de sentidos, de tiempo y de vida y de muerte. Te admiro, Caleb, no sabes cómo te admiro, tu entusiasmo y tu devoción y tu sacrificio, tu hambre de conocimiento, conviértete en mi maestro, te lo ruego, pasa tus manos sobre estas páginas y rodea esos signos sagrados con las puntas de los dedos y toca su música para mí, porque quiero comprenderla y quiero sentirla y quiero que sea mía.

He estado contigo todas estas noches, Caleb. Biel me ha cogido de la mano y me ha traído hasta esta habitación, hasta ti, cada noche, y cada noche he caminado a tu alrededor para observarte, y me he sentado a tu lado y te he visto leer. Las seis paredes negras de la habitación no han dejado de girar, nunca se detienen. Algunas veces han girado a tanta velocidad que he tenido que cerrar los ojos para no caer al suelo, otras, en cambio, se han movido tan despacio, de una manera casi imperceptible, que el terror a que se detuviesen definitivamente me ha hecho perder la razón por momentos.

Una de aquellas noches me pareció que las paredes sangraban, una tempestad de oscuras lágrimas rojizas que resbalaban desde todas partes, desde los seis cielos opacos que nos envolvían, rotando y rotando y rotando y lloviendo sobre nuestros dos cuerpos, pero tú continuaste leyendo de sus páginas, abstraído, ajeno a la habitación, consumido por el libro, y, entonces te oí, no tus palabras, imperfectas y mentirosas, lo que escuché fue tu pensamiento, tus intenciones, tu voluntad, y te desvestí hasta desnudarte por dentro y alcanzar tu consciencia, y la toqué y pude atravesarla, el Ajna chakra y, por fin, me eché a dormir dentro de ella. Cómo gritaste, Caleb, hermano, durante noches enteras, enloquecido de terror y de rabia, te arañabas la cara y te destrozabas los puños golpeándote la cabeza, lanzabas tu cuerpo contra las paredes, escupías espumarajos de cólera…

"¿¡¿Quién eres?!? ¿¡¿Por qué me haces esto?!?"

Eso gritabas, Caleb, mientras buscabas respuestas, desquiciado, entre aquellas páginas amarillentas.

"¡Márchate! ¡¡¡Vete!!!"

Pero ya era tarde, Caleb, porque lo que tú deseabas ya no era suficiente, porque ya no le importabas al libro, al Necronomicón, porque hacía noches que al fin me había atrevido a pasar los dedos por encima de la perfección de sus signos, porque ya me habías enseñado a leerlos, a comprender su gracia, el alcance de su poder y los prodigios que allí se encerraban. Cómo agradecértelo, Caleb, si ni siquiera has nacido. Asesinado antes de haber sido concebido, ¿no es un milagro?

Y ahora me levantaré y me colocaré frente a ti, entre el Necronomicón y el armario. No puedes oírme y no puedes verme, pero lloras hiel porque sabes lo que está a punto de suceder. Y alzo las manos y trazo el sello en el aire como tú me enseñaste a hacer, y el movimiento de la habitación cesa para encajarse en el instante preciso en el que los caminos del Sol y de la Luna se cruzan en el cielo, y sus sombras se han tocado y se han reconocido, agua y fuego, y sus círculos giran en armonía y Luna y Sol copularán durante toda la noche, y cada haz de luz que brota de este arrebato en el cielo construye una puerta y, entonces, recito las palabras que tú, sin saberlo, me has revelado:

"N'gai, n''gha'ghaa, bugg-shoggog, y'hah!

Yog-Sothoth, Yog-Sothoth, aï!

Y'hah, bugg-shoggog, n'gha'ghaa, n'gai!

Y'ai'ng'ngah,

Yog-Sothoth

H'ee-l'geh

F'ai throdog

Uaaah!"

El armario traquetea durante unos pocos segundos y entonces siento cómo la esencia que mueve el cosmos detrás de mí cesa repentinamente, y un silencio perfecto y hermético e insaciable se abre paso hasta la habitación, y el silencio penetra a través del armario y sopla hacia dentro y su luz opaca se disemina por encima de estas seis paredes corrompiendo la atmósfera de tu cuarto. Ah, tu rostro, Caleb, desencajado, tan asustado, traicionado. Dónde está el libro, lo tenías entre las manos y de pronto ya no eres capaz de encontrarlo... Entonces, los escuchamos, tú y yo, destellos terribles de un crepitar que nada a través de este silencio, devorándolo, y su eco es cada vez más cercano y tú te has echado al suelo. El libro está delante de ti, pero no puedes tocarlo. Querrías gritar, pero el silencio ya te ha obligado a olvidar cómo hacerlo, y te arrastras desesperado y alargas los brazos entre la basura y los mueves en todas las direcciones y el libro no quiere que tú lo encuentres. Te detienes, tú también lo has oído, el chasquido viscoso de los mil brazos de la Sed esparcidos alrededor de la habitación, creciendo hasta estrangularla. Está aquí, ya ha entrado en la habitación, y Luna gira cada vez más rápido y se retuerce y estalla sobre Sol y las paredes se sacuden y empiezan a sangrar y tú gateas a trompicones y resbalas y reptas como un repulsivo escarabajo para refugiarte en una de estas esquinas y desde allí tiendes una de tus delgadas extremidades hacia el armario para maldecirme una última vez. Sus tentáculos se estremecen oscilando cuando pasan a mi lado, y se dilatan y se contraen deslizándose mórbidos sobre las paredes, y flotan en el centro de esta espesa lluvia roja aproximándose cada vez más hacia ti. Y cuando esta muerte hambrienta desciende sobre tu cuerpo ciego y mudo y enfermo, tan consumido que ya no puedes llorar, escondes la cabeza entre las piernas y las abrazas y de esta manera esperas a que sus lenguas resbalen serpenteando y giren y se enrosquen alrededor de tus brazos y de tu torso y de tus piernas y de tu garganta y se adhieran y contraigan sus músculos sobre tu tráquea y la retuerzan hasta quebrarla y asfixiarte. Y entonces, cierro los ojos, y cuando los abro ya no estáis aquí, tú, el libro. El silencio os ha llevado lejos de la habitación y del armario y solo quedamos esta lluvia insidiosa y yo.

Elevo los brazos y vuelvo a dibujar con las manos el sello en el aire. Pronuncio, cuidadosamente, las palabras precisas.

"Ogthrod ai'f

Geh'l-ee'h

Yog-Sothoth

'ngah'ng ai'y

Zhro!"

Y la puerta vuelve a sellarse tras el vacío inofensivo del armario, y cuando de una manera lenta, casi dolorosa, estas seis paredes comienzan a girar de nuevo, un aura oscura emerge desde la nada en el centro de la habitación, la forma imprecisa de un hombre alto cubierto con una capa amarilla. Y desde los dos deslumbrantes puntos azules que son sus ojos, su voz desgarra este espacio.

"Sea bienvenido, señor Faber... Ya está dentro."

Y tuerce los labios y sonríe arrogante, y la habitación que contiene la fosa infinita gira y gira y gira, cada vez más rápido, alrededor de nosotros dos.

11

Cuando el toque de Diana me despertó a la mañana siguiente, encontré a Harrar a los pies de mi hamaca, ya vestido y esperándome, inmóvil como una figura de porcelana a pesar del constante balanceo de la nave.

"No va a volver," dijo, inexpresivo.

"Harrar, joder, qué susto me has dado… ¿Qué dices?" salté de la hamaca para desmontarla, recogerla y vestirme. "¿Quién no va a volver?" Es posible que aquella fuese la primera vez que Harrar hablaba conmigo.

"El chico muerto," dijo. "He visto cómo te llevaba con él… Os he visto salir a los dos, todas las noches, pero hoy me ha dicho que ya había acabado contigo, que no va a regresar a por ti…"

Me sujeté a las bolinas de la hamaca para no caer al suelo.

"…Y que ahora estás solo," musitó, riendo maliciosamente entre dientes.

SIETE

1

Un soplo de alivio sacudió la nave entera cuando aquella chalupa insignificante asomaba como un milagro sobre el agua turquesa del mar de Filipinas. Tras más de dos meses de penosa travesía a través de dos océanos, nuestro destino se encontraba, al fin, a tan solo unas pocas horas de navegación. Y a medida que nos aproximábamos a la bahía, el número de barcazas se multiplicaba, pequeñas balsas de bambú y viejos catamaranes de delicadas velas blancas, vistosas piraguas coloreadas y esbeltos balangays, mallas interminables abarrotadas de peces, y un hormiguero de hombres de mar que nos daban la espalda aparentando indiferencia o menosprecio frente a los destellos metálicos del paso de nuestro casco, como si el Kinsale fuese un espectro al que prefiriesen no haber visto, y cuando al fin sobrepasamos la isla del Corregidor y la bahía de Manila se apareció frente a nosotros, aquel alivio fue tornando en asombro ante la inesperada magnitud de la bahía, la exuberancia y los incontables tonos de verde de las selvas que circundaban la ciudad y el tamaño de todos aquellos picos que la custodiaban, y también en recelo o desasosiego, más tarde, cuando ya prácticamente tocábamos el puerto de Cavite, frente al temblor sombrío de las copas de los árboles de aquella jungla que ahora podíamos ver más de cerca y la abrumadora soledad de las montañas que se elevaban como amenazas sobre nuestro barco, y yo no podía apartar los ojos de la misma Manila y de los hilos de humo blanquecino que escapaban de sus chimeneas como ánimas que nos diesen la bienvenida a su necrópolis. Rodrigo contemplaba aquella aparición ensimismado, y sus ojos escrutaban aquel paisaje con la fascinación de un niño de la calle de Toledo, saboreándolo todo con una paz indestructible. Le pasé mi brazo por el hombro, como si le estuviese pidiendo permiso para volver a ser hermano suyo. Su viaje había sido duro, mucho más que el mío, pero, al fin, había encontrado su isla.

2

Desembarcamos en el puerto de la base naval de Cavite con la misma precipitación con la que habíamos embarcado en Cádiz, corriendo a ciegas hacia no sabíamos dónde entre gritos y órdenes confusas, aunque a diferencia de aquel atropello bufo de Cádiz, el caos que nos recibía en Cavite era el fruto de la terrible enfermedad que se había apoderado de Manila y que no tardaría mucho tiempo en infectarnos también a nosotros.

El oxígeno de la capital era casi irrespirable, la sensación de humedad, sofocante, mucho más intensa de la que habíamos sufrido durante la travesía en el Kinsale, y todas sus calles estaban ocupadas por un inmenso enjambre de diminutos insectos que nos embestían incesantemente. Sus avenidas, que pese a tener un aire inequívocamente español, me recordaron, en cierto modo, a todo aquello que ya habíamos visto en Singapur, parecían vaciarse de vida al paso de nuestra compañía. Los pocos indios con los que nos cruzamos durante nuestro camino hacia el cuartel de Santa Lucía, las calesas que hacían su recorrido por las mismas calles que nosotros, se apartaban o nos daban la espalda de la misma manera que lo habían hecho los pescadores de la bahía. Las ventanas de madera y conchas de capiz de las casas bahay en Intramuros se cerraban desde dentro para no vernos pasar a su lado, y las grandes barcazas de los mercaderes del Pásig nos daban la bienvenida, desiertas, mudas y ciegas, inmóviles como peces muertos sobre el agua turbia del río. Tan solo nos había acompañado una india muy joven, casi niña, rodeada de una gracia ingenua y cristalina, que caminó divertida del lado de Rodrigo durante un buen rato, saltando, haciendo divertidas muecas e imitando nuestra marcha, haciéndonos reír a todos, y, entonces, cuando Rodrigo, al fin, le dirigió una sonrisa, la chica se detuvo abruptamente y arrugó la cara y escupió todo su odio contra el suelo como si lo estuviese arrojando contra la cara de mi amigo, acusándolo con la mirada altiva, desafiante, de los traicionados. Y cuando, al fin, traspasamos las líneas de soldados y guardias civiles que custodiaban las proximidades del cuartel y pudimos cruzar el puente y el pórtico de piedra que daban acceso a Santa Lucía, nos pareció haber entrado en alguna de aquellas terribles pinturas desbordantes de locura que crease Hieronymus Bosch.

3

"…Por Dios…" susurró Rodrigo, llevándose las manos a la boca.

"¿Qué diablos es todo esto…?" se preguntó Stoyanova, desencajado.

La unidad entera aminoró la velocidad de la marcha como si de esa manera fuésemos a evitar aquella visión. Ribaya negaba con la cabeza, tenía los ojos humedecidos.

"¡Por el amor de Dios, soldados! ¡¡¡Muévanse!!!"

Automáticamente, todos dimos un paso hacia delante y echamos a caminar, marchando en procesión entre los arcos de aquella pesadilla de granito oscuro flanqueada por dos grandes patios cubiertos de restos de maleza gris y de agua de lluvia, y por columnas formadas por decenas de cuerpos desnudos, de ancianos y de niños y de mujeres tan jóvenes como lo era Louretta, líneas de marionetas rotas, de cuerpos maltratados con una brutalidad inconcebible, golpeados y ultrajados, degollados y desnudados, después, para volver a ser ultrajados, sus ojos abiertos contra el cielo y contra todos sus ángeles. Ni siquiera habían tenido tiempo para cubrir los cadáveres. Grupos de enfermeras y de médicos recién llegados a Santa Lucía se movían a lo largo de la galería con las miradas perdidas en aquella exhibición grotesca, mientras que, a lo lejos, en los pasillos que cerraban los dos patios, camilleros y soldados, monjas de hábitos salpicados de manchas de sangre negra, trasladaban algunos cuerpos hacia otros corredores en el interior del cuartel.

Y el silencio era ensordecedor, tan erizado y tan grueso como nuestro horror.

4

"Soldados, ya lo han visto, ya saben por qué están aquí..."

Recién uniformados y portando los Mauser que habían venido con nosotros desde España, habíamos formado varias hileras en el patio central del cuartel. Un hervidero de hormigas voladoras se había apropiado de aquel atrio en el que formábamos, y las hormigas trepaban sobre nuestros uniformes y reptaban sobre nuestras manos y nuestras caras, saltando de cuerpo en cuerpo, ocupando los muros y el pavimento, fabricando una asquerosa alfombra, crujiente, palpitante, bajo nuestras botas. Una lluvia endeble pero sostenida se mezclaba con el sudor y aquella picazón constante sobre nuestras pieles, y frente a nosotros, protegido de la lluvia bajo una cubierta de piedra, el hombre al mando del cuartel nos daba la bienvenida.

"Soy el teniente coronel Biznaga, y todos ustedes estarán a mis órdenes a partir de este momento." El tono de su voz padecía de esa afonía indolente de los tipos de los arrabales, cansados de la vida, imprevisibles y peligrosos, y, a pesar de lo inmaculado de su uniforme, los párpados hundidos sobre sus ojos enrojecidos, su piel tostada y cuarteada, la barba oscura y rizada que le llegaba hasta el pecho, le daban el aspecto de uno de aquellos menesterosos sonados de Lavapiés. "…Y aunque les parezca desafortunado, que su llegada a Manila haya sido hoy precisamente, lo que yo creo es que la guerra les acaba de hacer un favor, porque ustedes esta mañana eran niños y ahora son hombres, y porque a pesar de todas las mentiras que hayan podido contarles, espero que hoy hayan entendido que ustedes no han venido a pacificar estas islas, sino que han venido a defenderla de…" se detuvo durante unos segundos y buscó entre los soldados hasta encontrar a Rodrigo como si quisiera estar seguro de que este escuchaba lo que tenía a decir. "…A defenderla de la barbarie de estas bestias salvajes que aborrecen de la civilización y que solo respetan el valor de un látigo y de un puño… Ustedes ya han visto esta mañana lo que un indio es capaz de hacer cuando se confía en él. No cometan ese error y nunca, jamás, confíen en un indio…"

Miré hacia mi derecha. Rodrigo sostenía la mirada del teniente coronel con una firmeza insólita en él, sin atisbo alguno de aquella fragilidad o mansedumbre que solía aparentar cada vez que era atacado, como si sus ojos contuviesen una memoria distinta, quizá, pensé, la de la isla, que habiéndolo reconocido como suyo, empezaba a formar parte de él.

"Caballeros…" continuó el teniente coronel. "Esta isla los odia, no lo olviden, y si las balas del Katipunan o de los piratas mahometanos, o los machetes de los cazadores de cabezas de la montaña, los Kalinga o los Bontoc, no acaban con ustedes, la isla lo intentará con el paludismo o con el cólera o con la fiebre amarilla o el dengue, y si sobreviven, aquellos de ustedes que logren vencer a la isla y regresar a España, no esperen que nadie los reciba o que les agradezca lo que han hecho por la patria, porque hace tiempo que ya han desaparecido, todos ustedes, desde que partieron de nuestro país, y a nadie en Madrid o en Barcelona o en Valencia le importa una mierda que vivan o que mueran… Algunos de ustedes partirán mañana para reunirse con la compañía del comandante Levi en Diwata, los demás se repartirán entre Silang, Imús y Taal en Cavite para reforzar sus baterías; estos partirán pasado mañana. Sin embargo, su primer cometido, el de todos ustedes, será el de ayudar esta misma tarde a la evacuación de los compatriotas heridos y al acondicionamiento de una sala en la que los cuerpos de los fallecidos puedan reposar de una manera decente. Pónganse, inmediatamente, a las órdenes del oficial de guardia; él les dará instrucciones. Soldados, bienvenidos a Luzón… Rompan filas."

5

A pesar de lo que había visto aquella mañana, dormí de la misma manera que lo haría un maldito oso durante el invierno. Ni siquiera Biel, heraldo del Averno, habría sido capaz de despertarme. Aquel colchón desteñido, flácido y repleto de graníticos bultos de lana, era la cuna de algodón de un príncipe en comparación con las detestables hamacas del Kinsale. Por primera vez en muchas semanas, el dormitorio no se movía permanentemente y el olor a vómito y a descomposición no lo penetraban todo, y aunque el canto estridente de los insectos era omnipresente, durante una noche entera no tuve que pensar en proteger mis ojos de las mordeduras de las ratas. A la mañana siguiente partiríamos, los seis, hacia Diwata y el país de los igorrotes, los habitantes de las montañas, un camino de cincuenta kilómetros a pie bajo la lluvia, atravesando bosques y mesetas pantanosas, montes de selva y torrentes de agua imprevisibles, filibusteros, rebeldes sedientos de sangre española, pero en aquel momento, y mientras me dejaba caer sobre el catre, la mañana siguiente y Diwata quedaban aún muy lejos.

6

La ferocidad inusual de aquellos ataques, el salvaje ensañamiento con el que los rebeldes tagalos habían tratado a sus víctimas, habían sacudido Manila de tal manera que el amanecer la había sorprendido aún inmóvil, muda de espanto como una vez lo estuvo aquel Valle de Siddim devastado por la ira del dios de los cristianos. Matar a los españoles, aterrorizarlos, asaltarlos en las iglesias y en las tiendas y en los mercados, en las calles y plazas abarrotadas de la ciudad vieja, aquella había sido la consigna, cortar sus gargantas, ancianos o niños y padres y madres, y cayeron sobre ellos como malditos ángeles de la muerte y Manila fue el Infierno en la tierra. Y al mismo tiempo que nuestra columna se alejaba del río Pásig y de Intramuros para continuar nuestro camino hacia el norte, familias enteras, grupos de españoles y otros europeos, hacían el camino contrario para buscar amparo en los alrededores de las murallas de Santa Lucía.

"Dicen que la tropa indígena de Cavite ha asesinado a todos los mandos españoles..." gruñó Stoyanova, medio ahogado por la cantidad de agua de lluvia que entraba en su boca. Escupió. "Qué dices, chino, ¿lo has oído tú también?"

Marchábamos en fila de a dos, una columna de cien hombres moviéndose a duras penas sobre el lodo reblandecido de un precario sendero, cruzando por el centro de una enorme meseta de algodón verde y vapor. Ya habíamos caminado durante más de seis horas sin descanso a través de ciénagas y barrizales eternos, de aldeas abandonadas y de caminos marcados con las banderas rojas del Katipunan. La presión sobre las mochilas de aquella tormenta que no cesaba nos empujaba y nos clavaba contra el barro, y los Mauser, siempre preparados para repeler cualquier ataque de los tagalos que habían huido de Manila para refugiarse en Sierra Madre, parecían ganar peso por momentos y se nos resbalaban entre las manos. Rodrigo caminaba por delante de mí, mirando alternativamente hacia la llanura tendida a nuestra izquierda y las montañas que se elevaban frente a nosotros, en silencio, indiferente a las provocaciones de Stoyanova.

"Sí, yo sí lo he oído..." replicó Ribaya, que caminaba detrás de mí. "Han pasado a cuchillo a cualquiera que no fuese indio, también a sus compañeros. Yo no me fío de ti, chino cabrón; te quiero lejos de mí..."

"No te preocupes, Ribaya," replicó Stoyanova. "Este es de los que corren, ¿verdad, chino? En cuanto empiecen los disparos, te meas encima." Volvió a escupir. Rodrigo continuaba mostrándose impávido.

Aburrido ante aquella novedosa invulnerabilidad de Rodrigo, Stoyanova se giró hacia mí.

"¿Qué le pasa a tu chinita, Faber? ¿Os habéis peleado?" Ribaya soltó otra de sus carcajadas impostadas.

"Cállate, Stoyanova, no te molestes... Entre la

lluvia y las babas es difícil entender una palabra de lo que cagas por esa bocaza tan sucia," contesté, sin mirarle. El que reía estridentemente esta vez, era Harrar.

"Bien dicho, Faber, enhorabuena…" dijo Stoyanova. "Me gusta cómo defiendes a tu novia, pero deja que te diga una cosa: voy a meterle una bala en la cabeza. Al primer movimiento raro que haga este chino, me lo cargo, y si tú te pones en el medio, no me lo voy a pensar dos veces, te mato a ti también. Nosotros no vamos a acabar como Biel, ¿verdad, Pau?"

"¡Cerrad la puta boca, joder! ¡Escuchad!" exclamó Pau.

Lluvia y barro, el rumor sibilante del agua y el estrépito de las bestias y de la jungla, y entre medias, el fragor metálico de los correajes y de los fusiles. Parecía imposible que hubiese nada más, hasta que el capitán al frente de la columna ordenó que nos detuviésemos… Y entonces pudimos escuchar los disparos, débiles, muy lejanos, algunos gritos…

Habíamos dejado atrás la meseta, ya habíamos entrado en la montaña y la vegetación nos rodeaba por todas partes. Inmediatamente, elevamos los cañones de nuestros Mauser por encima de los hombros; casi podía escuchar nuestros latidos, bombeando electricidad por encima de la selva. Oímos más disparos, más claros, más cercanos, y el inequívoco olor de la pólvora cayó sobre nosotros como una fiesta de bienvenida. El capitán dio la orden de avanzar. Una humareda tupida y viscosa había empezado a cubrir el bosque transformando el camino en una composición desordenada de formas y destellos borrosos, tragué saliva y eché un pie adelante tratando de no escurrirme sobre aquellas rocas tan resbaladizas, y escuché el traqueteo de las correas de los fusiles, las manos que tiritaban de miedo, las de Ribaya y las de Stoyanova y las mías y las de todos aquellos chicos, y extraviadas detrás de la lluvia y del humo, nuestras facciones mutaban, alargándose y deshaciéndose y contrayéndose y reorganizándose como las que había visto en el Syaitan, y nos movíamos sobre los musgos y las ramas y las piedras empapadas de cieno como si nos deslizásemos sobre la superficie de un espejo mágico, atrapados en aquella fila de hombres, encadenados a una consciencia extraña que nos condujese irremisiblemente hacia la boca blasfema del gran necrófago que nos esperaba en la cima de la montaña para devorar nuestra carne muerta, y cuando estábamos a punto de llegar a la cumbre, a solo unos pocos metros de alcanzar Diwata y su batalla, el paso de un pequeño torrente de agua que bajaba por la ladera de aquella montaña de cristal que nos transportaba, comenzó a descubrir todos aquellos cuerpos rígidos sobre los que habíamos estado caminando, semi hundidos en el barro, atravesados por las bayonetas españolas, mutilados y degollados y ultrajados como aquellos de Manila, otros niños y otros ancianos y otras madres y otros padres convidados a la matanza perpetua del dios de los ciegos.

Rodrigo se giró hacia mí, horrorizado. Los dedos agarrotados de una mano pequeña emergían del lodo entre sus botas.

No tuve tiempo de decir nada, una bala explotó contra el tronco de un árbol a nuestra izquierda; otra rozó la sien de Rodrigo y pasó silbando a mi lado. Caímos sobre aquel cementerio de barro y nos arrastramos hasta el margen de la vereda. El agua seguía desenterrando cadáveres montaña abajo, y las balas de los tagalos estallaban por todas partes; los vencedores de aquel combate en Diwata, los guardianes de la montaña vampiro, descendían rápidamente sobre nosotros. El estruendo de los disparos de los Mauser españoles y de los viejos Remington rebeldes era ensordecedor. Harrar aullaba desde el centro del camino, disparando contra la niebla sin parar, reía y gritaba y recargaba y volvía a disparar hasta vaciar el depósito, y las balas pasaban a su lado sin rozarlo, como si ellas también le tuvieran miedo. Ribaya cayó tendido a nuestro lado, su cabeza humeaba… Dos balazos le habían destrozado la cara, el muy bastardo se las había apañado para pasar al otro mundo con la misma mueca de disgusto con la que había vivido. Empujé su cuerpo con las piernas para colocarlo delante de nosotros a modo de parapeto. Rodrigo se tumbó sobre los codos y apoyó su Mauser sobre el cuerpo de Ribaya; aunque su herida no fuese profunda, sangraba copiosamente y su cara estaba completamente pintada de rojo, parecía el mismísimo demonio. Yo me arrodillé, apunté el fusil contra la confusión evanescente del bosque, y disparé. A pesar de la lluvia, las llamas que debían de estar consumiendo el pueblo de Diwata seguían avivando aquella nube de humo de tal manera que era imposible saber contra qué estábamos disparando… Un soldado pasó corriendo colina abajo, sujetaba la garganta con las manos, los rebeldes se la habían rajado a pocos metros de distancia de nuestra posición; una bala española le acertó en el pecho y lo tiró hacia atrás. Armamos las bayonetas, teníamos a los tagalos encima de nosotros; no habíamos tenido tiempo de desplegarnos y los indígenas empezaban a ocupar los dos flancos. Apunté hacia nuestra izquierda y disparé a un indio que corría hacia nosotros armado con un hacha de labrador, y Rodrigo abatió a otro que había surgido de entre los árboles, y, mientras recargábamos los Mauser, un tercer hombre se abalanzó gritando sobre nosotros. Su pecho explotó en el aire, cuando cayó, ya estaba muerto. Pau le había disparado desde nuestra espalda. Nos echamos al suelo, y el agua que bajaba desde la cima ya lo hacía coloreada de rojo, y los cadáveres del día de antes se confundían con los cuerpos de los nuevos olvidados. Otro disparo alcanzó el rostro de Ribaya, su cara debía de ser la más popular de la isla; un pedazo desprendido de su oreja me golpeó en un ojo y perdí la visión durante unos instantes. Cuando la recuperé, Stoyanova forcejeaba con un indio en el otro lado del sendero. El rebelde se había lanzado sobre él, lo había inmovilizado sobre el barro, y empujaba su muñeca hacia abajo contra el brazo trémulo de Stoyanova, que luchaba por alejar el filo de una enorme hoz de su garganta; entonces, cuando aquella hoja oxidada ya rozaba su piel y parecía que no iba a poder deshacerse del atacante, Stoyanova liberó el brazo derecho y golpeó la cara de aquel hombre con la violencia de un oso. El hombre quedó noqueado y la hoz se desprendió de su mano. Stoyanova lo empujó y se colocó rápidamente encima de él, recuperó su fusil, y lo levantó por encima de su espalda con la punta de la bayoneta colocada sobre el pecho de su enemigo. Aspiró profundamente aquel aire negro y venenoso, tensó las manos alrededor del cañón y gritó, levantó un poco más los brazos antes de dejarlos caer, y su cabeza estalló dos veces como un deslumbrante castillo de fuegos artificiales. La boca del cañón del Mauser de Rodrigo humeaba con entusiasmo frente a mis ojos. Parece que, al final, Stoyanova no se había equivocado con Rodrigo. El tagalo nos miraba estupefacto.

"Umalis na kayo..." susurró, señalando hacia la selva.

Rodrigo soltó el fusil y dio un salto desapareciendo entre la maleza, y yo me desprendí de la mochila y también me deshice del peso del Mauser para seguirle. Poco después, escuché a Pau que gritaba, "¡a la mierda!" y corría detrás de nosotros dos.

Las carcajadas y los alaridos y los disparos de Harrar en el sendero siguieron escuchándose durante un tiempo, después, él también calló, aunque siguió habiendo otros gritos y otros disparos, y el estruendo de la batalla nos acompañaba en nuestra huida como una acusación o un lamento, a nosotros tres, a otros que tambіén escapaban de su sacrificio, a los que fueron ejecutados por la espalda desde las filas españolas, a los que vimos desaparecer en aquel verdor salvaje, tan solos y tan asustados como lo habían estado durante el combate, y me vinieron a la cabeza aquellas palabras de Rodrigo en el Kinsale, "Dos mil cochinas pesetas, Lázaro…"

Y a medida que nos alejábamos de Diwata, también dejábamos atrás el sol de la tarde y su lluvia, y ya no hubo más truenos que los de la jungla y sus criaturas, y de la batalla solo quedaba aquella boca hecha de fuego de la montaña a lo lejos, y el silencio de las muertes en el barrizal de arcilla y de sangre y de olvido que eran sus tripas.

Dos mil cochinas pesetas.

7

Ninguno había dicho una palabra desde que la montaña nos dejó escapar. Nadie nos había preparado para todo lo que habíamos visto durante aquellos dos días que habíamos estado en la isla, pero cómo prepararse para lo inconcebible. Si son momentos como aquellos los que paren a los héroes, lugares como Diwata o Santa Lucía, todos ellos, todos los héroes, son unos bastardos hijos de puta.

Encontramos la gruta por casualidad, bien entrada

la noche. Habíamos caminado sin rumbo, eligiendo las rutas que nos parecían más sencillas o evitando las más peligrosas dentro de aquella inmensa jungla. No estábamos acostumbrados a caminar durante tantas horas, y, sobre todo, nunca lo habíamos hecho en una tierra como aquella, un laberinto de raíces y de troncos y de rocas colosales, de corrientes de agua enfurecida y de quebradas interminables, de hondos precipicios disimulados tras la vegetación más asombrosa que habíamos visto en nuestras vidas, hojas del tamaño de un gigante y flores dotadas de dientes afilados, pétalos de las formas más extravagantes, cubiertos de finísimas cuchillas o de exuberantes y delicadas pestañas. Y aquella selva y su osamenta parecían confabular en contra nuestra, y se desorganizaba y se enredaba a nuestro paso, y las bestias invisibles que nos habían estado acosando desde que nos alejamos de Diwata esperaban con paciencia a que la selva acabase venciendo para lanzarse sobre nosotros y darnos caza. Fue solo gracias a la aparición de una luna breve pero radiante, que vimos aparecer aquella boca negra excavada en la falda de una enorme roca. Desorientados y exhaustos, nos abrimos paso a través de la espesura y ascendimos un pequeño desnivel, trepando con las últimas fuerzas que nos quedaban sobre unas piedras que parecían haber sido dispuestas de manera que facilitasen el acceso a la entrada de la cueva. La oscuridad de la gruta era casi completa, pero parecía un lugar seguro y, sobre todo, estaba seco. Su superficie era de granito y de arena, de modo que en cuanto entramos, nos sentamos y descansamos contra la pared; nuestra fatiga era tan grande que ni siquiera discutimos la posibilidad de hacer una hoguera, y así permanecimos los tres, disfrutando de aquella pequeña tregua, durante buena parte de la noche.

"¿Por qué no se lo diste, Lázaro?" preguntó Pau, nada más que una voz en mitad de aquella oscuridad, refiriéndose al anillo que había protegido de los Hai San en el Syaitan.

"No lo sé, Pau… Qué más da, iban a matarnos de todos modos," contesté, irritado. "Ya lo viste, yo quise dárselo… Iba a quitármelo cuando…" mentí. "Además, si se trataba solamente del anillo, por qué no me lo quitaron, por qué no matarme a mí en vez de a Biel…"

"Yo no vi nada de eso, Lázaro… Yo solamente sé que aquellos chinos querían tu anillo y que tú no quisiste dárselo, que Biel está muerto; y a mí me gustaría saber por qué diablos no les diste el maldito anillo, y también me gustaría saber quiénes eran aquellos dos maníacos y por qué nos siguieron, por qué aparecieron en la taberna justo a tiempo de salvarte, ni un minuto antes, ni un minuto después, y por qué toda aquella chusma se cagó encima nada más verlos…"

Rodrigo soltó una risotada que resonó escalofriante en aquella ingravidez en la que solo el sonido existía.

"No es un regalo de tu padre, miserable mentiroso…" espetó Rodrigo. "Te lo regaló aquel señor

Cueva en el Rey Sapo, ¿no es así? Pero cómo puedes ser tan estúpido, Lázaro, lo que llevas cosido alrededor de ese dedo tan negro es el maldito sello de Lucifer..."

Y volvió a reír y la jungla en torno a la cueva reía a carcajadas con él.

8

Un pulso grave, casi ahogado, retumbó dentro de la cueva y los tres despertamos a un tiempo. El mismo latido se repitió a los pocos segundos, opaco como un sonido que se moviese en el agua, y volvió a repetirse siguiendo una cadencia perfecta. Nos miramos desconcertados... La luz de la mañana ya había empezado a iluminar la galería, que resultó ser mucho más pequeña de lo que había imaginado, y a medida que la claridad tiraba hacia dentro del velo oscuro de las paredes, aquellas marcas rojas que ya había visto en el Syaitan aparecieron como arañazos sobre todas las superficies de la gruta, y de la misma manera, sus trazos formaban signos y sentidos herméticos, y fluían alrededor y a través de otras marcas de modo que parecían no contener ni comienzos ni finales. Y los tambores continuaban palpitando al mismo ritmo, y cuando el último rayo de sol alcanzó el fondo o el principio de la galería, la misma abominación alada que dormía enterrada bajo el viejo espejo de la Reina en Singapur, resplandeció ominosa sobre la cueva. Se trataba de una pequeña figura de metal, de no más de veinte centímetros de altura, pero su sola aparición se nos hizo insoportable, aquella presencia emponzoñaba el aire de una manera sofocante.

Pau se aferró al Mauser, él sí había tenido el buen juicio de portarlo, y se ayudó con él para levantarse.

"Pero, ¿qué diablos es todo este circo?" dijo, mirando a su alrededor con exasperación. "Por supuesto, la puta cueva tampoco iba ser un sitio normal… Vámonos de aquí ahora mismo, yo no me quedo aquí dentro ni para echar una meada."

"¿Irnos? ¿Dónde?" preguntó Rodrigo, mofándose del arrebato de Pau.

"Me importa una mierda el dónde, chino; yo me marcho, en dirección contraria a esos tambores, exactamente," y en solo dos zancadas, Pau ya había salido de la gruta y descendía aprisa saltando sobre las piedras de la pendiente.

"¡Espera, voy contigo!" gritó Rodrigo, y, entonces, se volvió hacia mí. "Supongo que tú te quedas, parece que ya has encontrado tu lugar…"

"Vete a la mierda, Rodrigo. Me gustabas más antes, cuando eras un blando…" contesté. No pensaba quedarme atrás, y mucho menos en aquel templo maldito, tan cerca de aquella efigie depravada que ya empezaba a conocer demasiado bien.

"Estoy seguro que sí..." dijo él. "Vamos, muévete."

9

No importaba hacia dónde caminásemos, el monótono compás de los tambores siempre parecía estar por delante de nosotros, cada vez más cerca.

"Tam... Tam... Tam... Tam... Tam... Tam..."

Habíamos caminado durante toda la mañana, y habíamos cambiado de dirección varias veces, era indudable que no lo habíamos hecho en línea recta, incluso habíamos girado para recorrer el camino inverso al que acabábamos de hacer, pero la fuente de aquel estribillo desesperante parecía ser capaz de desplazarse a su antojo para colocarse, siempre, frente a nosotros. Ya habíamos agotado nuestras raciones de agua y estábamos sedientos y hambrientos, simplemente, no sabíamos qué comer, si todo aquello que la jungla nos ofrecía no sería venenoso, si el agua de los arroyos y torrentes que cruzábamos era salubre. El miedo a cruzarnos con algún grupo de rebeldes o, peor, con alguna patrulla española, nos obligaba a movernos con una reserva que se sobreponía a aquella fatiga que acumulábamos y nos lastraba y tiraba de nosotros para que girásemos y girásemos y girásemos como una procesión de difuntos alrededor del corazón mudo del bosque, porque lo más extraño de todo era que el único sonido que nos había acompañado desde que abandonamos la cueva había sido el de los tambores, el resto había sido un silencio imposible. No había rastro de todos aquellos insectos que antes colmaban cualquiera de las penumbras de la selva, de las hormigas o de las mariposas o de los mosquitos o de los escarabajos o de las arañas, tampoco de ninguna de las docenas de especies de pájaros que habitaban sus cielos, las ramas más altas de sus árboles, de los pequeños mamíferos que se escondían o nos vigilaban entre los arbustos, de los lagartos y de las serpientes... Parecíamos estar completamente solos, el eco de los tambores y el rumor de nuestras pisadas, nada más, era enloquecedor, y la sensación de irrealidad era tan fuerte, que llegué a pensar que quizá no habíamos llegado a abandonar la gruta porque ya estábamos muertos, que su santuario nos había devorado durante la noche y que su oscuridad se había apoderado de nosotros y que ya no éramos más que tres líneas rojas moviéndonos sin dirección sobre el purgatorio infinito de sus paredes de piedra negra.

Y entonces escuchamos un sonido parecido a un llanto que escapaba de entre una maraña de arbustos que se extendía frente a nosotros. El sonido de los tambores se detuvo abruptamente y todos los rugidos de aquella jungla regresaron a la vez. Los tres nos quedamos clavados sobre la hierba.

"No me jodas... ¿Qué coño es eso?" dijo Pau, empuñando el fusil.

"Parece un niño que esté llorando…" balbuceé.

"Podría ser un animal, vamos a andar con cuidado…" replicó Pau.

"No, vámonos de aquí," dijo Rodrigo, echando la mano a su garganta, a su rosario.

"¿Qué coño te pasa, Rodrigo?" dijo Pau. "Si eso de ahí es un niño, ¿pretendes que lo dejemos abandonado entre la maleza a merced de cualquier alimaña?" respondió Pau, sin dejar de apuntar con el Mauser hacia los matorrales.

"Baja la voz, joder…" chistó Rodrigo. "No estoy seguro de que eso sea un niño… Escuchad, mi madre contaba historias sobre estas criaturas, los Tiyanak, que eran capaces de imitar el llanto de un niño para atraer a sus víctimas… Y cuando estas se encontraban a su alcance, saltaban sobre ellas para chuparles la sangre…"

"Cojonudo, lo que nos faltaba, un niño vampiro… ¿Pero es que todos hemos perdido la puta cabeza?" exclamó Pau. "Mirad, no sé vosotros, pero yo ya estoy hasta los cojones de cosas raras… Voy a ir hasta esos matorrales, y si lo que hay ahí es un vampiro y hay que volarle la puta cabeza, se la vuelo, y si cuando llegue, resulta que solo es un niño, te la vuelo a ti."

"Vamos, joder…" dije. "Quizá pueda ayudarnos a encontrar una aldea en la que podamos comer y beber algo, no tenemos elección. Rodrigo, tú puedes quedarte ahí rezándole a tu rosario.”

Desenfundé mi daga y me adelanté del lado de Pau. Rodrigo avanzó detrás de nosotros empuñando su rosario como única defensa. A medida que penetrábamos aquella maleza, el llanto era cada vez más nítido, y ya no nos quedó duda de que se trataba del lloro de un niño. Al otro lado de los arbustos había una pequeña pradera, y en su centro, sentado en el suelo, había un niño indio de unos cuatro o cinco años. Dejó de llorar nada más vernos; elevó la carita y sonrió victorioso, como si acabase de ganar alguna clase de apuesta. Pau le apuntó a la cabeza, apoyó el cañón sobre la frente del niño, y colocó el dedo sobre el gatillo.

“Tú qué dices, Rodrigo… ¿Niño o vampiro?”

Y como si le hubiese entendido, el niño, riendo, entrechocando los dientes, buscó rápidamente entre el enredo de colgantes que llevaba atado al cuello, y nos mostró una cruz hecha de madera. Pau se giró hacia Rodrigo.

“Tú das la orden, chino…” dijo.

10

Acompañamos al niño a través de una vereda que arrancaba en aquel prado en el que lo habíamos encontrado. No hablaba español, de modo que no supimos por qué había estado llorando o qué diablos hacía él solo en la mitad de la selva, ni siquiera nos dijo su nombre. Nos figuramos que, habiéndonos visto, quiso transformarse en uno de aquellos Tiyanak de Rodrigo para divertirse un rato a nuestra costa. Estábamos seguros de que era un indio igorrote, y rezamos para que su aldea no perteneciese a alguna de las numerosas tribus de cazadores de cabezas que poblaban aquellas montañas. En cualquier caso, lo único que nos importaba en aquel momento era tener un vaso de agua y un plato de comida frente a nosotros, y solamente podíamos esperar que la cruz que el chico nos había enseñado significase que los misioneros habían pasado por su aldea.

El camino resultó ser bastante breve, y tras cruzar a duras penas una especie de barrera formada por un arreglo de ramas y hojas de gran tamaño que cerraba la vereda, nos encontramos de repente sobre el borde de uno de los lados de una imponente quebrada verde. El cañón, tan exuberante que parecía hecho de un azúcar esmeralda, caía varios cientos de metros sobre un chispeante torrente de agua que debía de ir a desembocar al río Angat. Sus paredes infinitas se perdían a izquierda y derecha, inaccesibles y duras y hermosas como la misma isla. Frente a nosotros, suspendida entre los dos lados del cañón, una pasarela hecha de troncos de palma y voluminosas raíces de caucho, esperaba a que la cruzásemos para llegar hasta la empalizada de bambú que rodeaba la aldea en la otra orilla.

Y el chico ya volaba sobre los troncos indiferente al vacío vertiginoso que se abría bajo sus pies y casi había llegado al otro lado.

OCHO

1

Un hombre que debía de rondar los cuarenta años, robusto, de un aire severo o solemne, nos esperaba frente a la entrada de la empalizada. Extendió el brazo cuando el niño pasaba a su lado y este se arrancó el cordel del que colgaba la cruz y lo abandonó sobre la mano abierta a su izquierda, entonces se giró hacia nosotros tres y castañeteó los dientes de aquella manera tan fastidiosa. Aunque no estaba armado, el aspecto de aquel hombre, su aura guerrera, se bastaba de sobra para provocar algo más que respeto. Su torso estaba cubierto por los tatuajes propios de un guerrero igorrote, pequeñas líneas y formas geométricas que se combinaban para construir otras figuras que nacían en el pecho y resbalaban ondulando alrededor del vientre y serpenteaban hacia los hombros y los brazos y hacia la cara ocultándola completamente. Aunque sus rasgos fuesen ciertamente los de un indio, era considerablemente más alto que nosotros, y sus ojos tenían un extraño color grisáceo, casi violeta, como no lo había visto en mi vida; su postura o sus maneras eran insólitas en un hombre de las montañas y podrían pasar perfectamente por las de un aristócrata europeo. Sin embargo, la mayor de las sorpresas llegó cuando aquel hombre nos saludó.

"Bienvenidos a Kusau, caballeros," dijo en un perfecto español.

"Oh, gracias al cielo. Pensé que iban a matarnos…" suspiró Pau.

"¿Acaso ha sido mi español lo que le ha hecho cambiar de idea?" respondió el hombre, endureciendo inmediatamente el semblante. "Qué curioso, pensaba que precisamente era para lo que ustedes habían venido a nuestra isla, para matar…" rápidamente, distendió el gesto y soltó una sonora risotada. "Relájense, estoy bromeando. Aunque, naturalmente, pienso matarlos, eso será un poco más tarde."

Aquel chiste nos tranquilizó a los tres, y nos sumamos de buena gana a aquellas risas.

"Me temo que ahora debo pedirles que me entreguen sus armas, caballeros, los puñales y el fusil…" y enseguida se dirigió a Rodrigo. "Y en cuanto a eso que usted lleva colgado del cuello, su amuleto tampoco es bienvenido en nuestra casa. Entréguemelo, por favor. Podrá recuperarlo cuando se marche."

Rodrigo se echó rápidamente hacia atrás, reacio a

obedecer aquella orden insólita que volvía a ponernos en guardia, pero la realidad era que no estábamos en posición de negarnos a sus demandas y que, como he dicho, los que mandaban en aquel momento eran nuestra sed y nuestra hambre. Rodrigo se desprendió de su rosario y lo depósito sobre la cruz de madera que esperaba sobre la palma de la mano de aquel hombre, entonces, este llevó los dos objetos hasta la parte exterior de la empalizada, los enterró, y tras ponerse en pie de nuevo, los cubrió de barro con los pies. Después, caminó hacia la entrada y recitó unas palabras:

"Tabi, tabi po baka kayo mabunggd."

Volvió la cabeza, sonrió, y nos invitó a seguirle.

"Vengan, querrán deshacerse de esos uniformes de desertor. Estarán hartos de viajar con toda esa sangre encima."

Cruzamos las puertas de la empalizada de Kusau.

2

"…Pumapatoi Lawa, así es como me llaman en este lugar, pero ustedes pueden llamarme, simplemente, Lawa."

Kusau acogía a unas treinta familias de ikalahanes que vivían en otras tantas cabañas construidas con cortezas de árbol y cañas. La apariencia de aquellas gentes era feroz, y aun estando en compañía de su líder, Pumapatoi Lawa, su presencia era francamente intimidante. Mujeres y hombres de cualquier edad aparecían frente a nosotros completamente desnudos, tatuados de una manera parecida a la de nuestro anfitrión, con las mismas marcas oscuras grabadas alrededor de sus gargantas. Ninguno de ellos se dirigió a nosotros, nadie parecía entender o hablar el español, y tampoco encontramos ningún atisbo de interés o curiosidad ante nuestra presencia en su poblado, nada más que un aborrecimiento y un desprecio elemental en todas aquellas miradas de ojos violáceos. Y como si aquel aire hostil de los habitantes de Kusau no fuera suficiente para amedrentarnos, un zumbido monótono, algo parecido a una oración o canto repetitivo que provenía de más allá del final de las cabañas, se propagaba por todas partes como una salmodia sacrílega compuesta para pervertir los corazones.

Tras asearnos y cambiarnos de ropa en una cabaña que habían preparado para nosotros, nos reunimos con Lawa para comer en la trasera de la vivienda. Sentados en círculo sobre una estera fabricada con hojas de palma, tratando de mantenernos ajenos a la atmósfera de la aldea y a aquel canto perturbador, devoramos como animales todo lo que pasó frente a nosotros, cerdo ahumado, pollo y frijoles, cangrejos y todo tipo de verduras, un vino de arroz que era tan fresco y tan dulce como una resurrección.

"Señor Lawa, ¿cómo es posible que hable tan bien el español? Ni siquiera tiene acento," pregunté mientras llenaba otro vaso.

"Entiendo que le resulte sorprendente que un salvaje como yo sea capaz de hablar un idioma tan distinguido como el suyo, señor Faber… Quizá incluso debiera disculparme con todos ustedes," contestó Lawa con mordacidad. Entonces se dirigió a Rodrigo. "¿A usted qué le parece, señor Vinoya? Al fin y al cabo, usted es un salvaje, como yo."

Rodrigo se limpió la boca con los dedos y chasqueó la lengua contra los labios antes de contestar.

"Ellos prefieren llamarme chino, señor Lawa, aunque supongo que es equivalente, chino, indio o salvaje…" Rodrigo me dirigió una fugaz mirada de amargura y rápidamente volvió a dirigirse a Lawa. "He pasado una vida entera viendo cómo se sorprendían, como les divertía, el chino que quería ser español, el salvaje que quería aprender maneras, el mono con uniforme… Ya lo ve, aunque quisiéramos, nunca seremos de los suyos, ni usted ni yo. No sé qué diablos quieren de estas islas…"

"Discúlpeme, maldita sea… No he pretendido insultarle, se lo aseguro, simplemente…" farfullé, sin saber muy bien si estaba respondiendo a Lawa o a Rodrigo.

"A mí no me ha parecido sorprendente…" intervino Pau, a la vez que masticaba y secaba sus manos frotándolas contra las piernas.

"No, discúlpeme usted a mí, sé que no ha querido herirme," dijo el señor Lawa suavizando la expresión. "Es comprensible que le sorprenda, señor Faber, pero yo he tenido la oportunidad de viajar… No soy igorrote, yo me crie en Manila, en una familia sin problemas de dinero, y en nuestra casa no se hablaba otra cosa que el español. A los dieciocho años viajé hasta Madrid para estudiar Filosofía; es lo que se hace en Manila, seguramente lo sepan, enviar a los hijos a Europa, no para que aprendan nada, eso es irrelevante, sino para que se sepa que uno ha podido hacerlo… Pero, caballeros, no beben… Por favor, no quiero darles la oportunidad de decir de mí que me he comportado como un bárbaro," Lawa rellenó los cuatro vasos de un líquido denso y de un color dorado. "Esto es Katian. Es un poco fuerte, pero les ayudará a digerir la comida."

Brindamos.

Pau se secó las lágrimas con el dorso de la mano. Aquella bebida abrasaba, y después del primer trago, los tres llorábamos y tosíamos como tuberculosos.

"Dígame, señor Lawa, ¿le gustó Madrid?" preguntó con un hilillo de voz.

"Madrid es una ciudad maravillosa, sobre todo de

noche," sonrió. "Pero no fueron sus cafés y sus teatros los que me sedujeron, sino sus bibliotecas y sus ateneos. Cuando llegué a Madrid yo era uno más, es decir, nadie, pero el contacto con todos aquellos libros y los saberes que atesoraban, me despabilaron y estimularon de tal manera que despertaron una insaciable sed de conocimiento que acabaría transformándome en otra persona, en un hombre diferente de todos los demás hombres. He de admitir que, de alguna manera, yo no nací en Manila, sino en Madrid, en las salas de lectura de la Facultad de Filosofía y de la Biblioteca Nacional, y, más tarde, en las del Ateneo Eisenstadt, en Arenal, y las del Círculo de Isis en la calle del Prado; fue en ellas donde tomé conciencia de la impotencia de las ciencias para interpretar el mundo, del alcance de la fragilidad teórica del pensamiento, de la insignificancia de la condición humana frente a la vastedad del cosmos, de la condena inmisericorde que fue dotarnos de consciencia... Y estoy seguro de que el desánimo y la depresión se habrían apoderado de mí si no hubiese sido contactado por ciertos individuos..." Lawa volvió a abrir la botella de Katian, aunque esta vez rellenó únicamente los vasos de Pau y de Rodrigo que, de todas las maneras, ya parecían estar completamente ebrios. "...Que me ayudaron a saciar aquella avidez de conocimiento y me animaron a hacer el recorrido hacia puertas que hasta aquel momento habían permanecido invisibles, hacia aquellos arcanos que perseguía. Continué estudiando en los libros que encontré en las bibliotecas de Toledo y de Verona, de Atenas o de El Cairo, en el Nuevo Mundo, Ciudad de México, Lima,

Arkham… Y busqué y encontré a otros estudiosos, a grupos que ambicionaban lo mismo que yo, y trabajé durante años en la elaboración de una física de la consciencia que me permitiese ver más allá del pensamiento, para moldearlo y para dominarlo, el mío, el de los demás, para llegar a ser capaz de contemplar el tiempo desde fuera…" se detuvo y elevó la cabeza y respiró profundamente y aquel cántico y el silencio que lo resguardaba entraron en su boca como un espíritu. Me contempló brevemente. "Pero usted ha sido mucho más afortunado que yo…" dijo. "Usted ha visto cómo el tiempo se doblaba en dos mitades y ha viajado tan lejos que ha podido observar el mundo desde los ojos del océano infinito que se encuentra al otro lado de los eones… Ignoro por qué lo han elegido a usted precisamente, aunque, de la misma manera que no me corresponde a mí decidir, tampoco me corresponde hacer ningún juicio. Ya lo ve, Sócrates dijo que la verdad nos haría libres, y, sin embargo, ha sido el conocimiento el que me ha convertido en un sirviente. Levántese y acompáñeme, por favor."

Cómo demonios era posible que aquel hombre supiese de todo aquello de lo que estaba hablando…

"Ya lo entenderá, señor Faber. Como le ha sido prometido, pronto aprenderá a ver más allá de lo visible," dijo, como si me estuviese leyendo el pensamiento.

Me tendió la mano y me ayudó a levantarme.

"No se preocupe por sus amigos, estarán bien aquí."

Aunque volvió a rellenar sus vasos, Pau y Rodrigo no se movieron. Sus ojos miraban al frente, pero sus miradas ya estaban huecas.

3

Lawa me condujo hasta el otro extremo de la aldea. Las pocas calles que atravesamos estaban vacías; no había rastro de sus habitantes, y las pocilgas y los corrales anejos a las cabañas aparecían desiertas de animales. A medida que llegábamos a las construcciones más apartadas, la vegetación empezaba a crecer de manera desordenada y el aspecto de los callejones y de las chozas era más descuidado, maloliente, incluso, como si aquella zona estuviese deshabitada permanentemente y sus cabañas tuviesen otro fin distinto al de la vivienda. Al fin, abierta entre la vegetación, una explanada de forma hexagonal se extendía entre aquellas últimas construcciones y la empalizada.

Rodeadas por un círculo elaborado con ramas pintadas de blanco, cinco personas desnudas se arrodillaban formando una estrella de cinco vértices. Cada una de ellas tenía una soga anudada alrededor del cuello. Las cuerdas, tensas, rígidas, encadenaban todos aquellos cuerpos a una columna de mármol oscuro, recubierta de caracteres herméticos cincelados hace siglos, que se hundía en el mismo centro del hexágono. Una roca negra de tonos metálicos, un poco más grande que mi puño, descansaba contra la columna. Lawa se sentó en uno de los lados del hexágono, lejos del círculo, y yo lo imité.

Había dos mujeres y tres hombres, y todos ellos eran indios. Sus tatuajes eran los mismos que habíamos visto sobre el resto de habitantes de Kusau, y a pesar de que todos sangraban profusamente desde las gargantas debido al roce y a la tensión de las sogas, ninguno se movía. Guardaban o veneraban el centro de aquel hexágono y su roca negra, inexpresivos, sin siquiera parpadear, y oraban recitando aquellas palabras indescifrables que no cesaban…

> "…Ph'nglui mglw'nafh Cthulhu R'lyeh wgah'nagl fhtagn"

> "Ph'nglui mglw'nafh Cthulhu R'lyeh wgah'nagl fhtagn"

> "Ph'nglui mglw'nafh Cthulhu R'lyeh wgah'nagl fhtagn"

> "Ph'nglui mglw'nafh Cthulhu R'lyeh wgah'nagl fhtagn"

> "Ph'nglui mglw'nafh Cthulhu R'lyeh wgah'nagl fhtagn …"

> "Han permanecido inmóviles durante veintinueve

días, arrodillados frente a la roca, en permanente vigilia, y durante todo este tiempo no han comido y no han bebido, su sufrimiento y su dolor son inmensos, y, sin embargo, su salud no se ha resentido, y si yo les ordenase que se levantasen y que inmediatamente echasen a correr, podrían hacerlo sin ningún problema, sus huesos y sus músculos tienen la misma elasticidad y la misma fortaleza que si los hubiesen ejercitado todos los días."

"¿Qué están haciendo…? ¿Qué es esa piedra?" pregunté.

"Esta roca es muchas cosas, señor Faber, es una reliquia, es una llave y es un mensaje. Es un vestigio, la memoria de otro mundo que convivió con el nuestro hace mucho tiempo. Su nombre es Kusau, la Semilla Negra, y ha sido venerada desde que los primeros hombres llegaron a esta tierra. Lo que ve a su alrededor es la representación del sigillum que la ha custodiado desde aquellos primeros días, el dolor que la encadena a través de estas sogas a los litau, sus cinco guardianes, es la manera de vincular nuestro pensamiento al suyo, y este es, también, el objeto de nuestra oración."

"…Ph'nglui mglw'nafh Cthulhu R'lyeh wgah'nagl fhtagn"

"Perdóneme, señor Lawa, pero no soy capaz de entenderle... ¿De qué pensamiento está hablando? ¿Cuál es ese mensaje, exactamente?"

"No tiene de qué preocuparse, todo esto eso es algo que usted mismo será capaz de experimentar muy pronto…" dijo, en un tono mucho más aséptico de lo que las implicaciones de aquella frase requerían. Sin embargo, hizo una pausa durante la que pareció cambiar de idea. "Escuche, el mensaje que contiene la Semilla Negra es una llave, y su decodificación y su lectura han de ser una llamada para que se abran los sellos y las consciencias que moran encerradas más allá de lo sensible regresen a este mundo que un día fue el suyo…"

"…Ph'nglui mglw'nafh Cthulhu R'lyeh wgah'nagl fhtagn"

"Ph'nglui mglw'nafh Cthulhu R'lyeh wgah'nagl fhtagn …"

"Todos los que han intentado llegar hasta la Semilla Negra para leerla han muerto de locura, señor Faber, atreverse a cruzar los límites blancos de este círculo mágico requiere años de entrenamiento, y esta es la misión y este el destino de todos los habitantes de Kusau, adiestrados desde niños para custodiar la roca. Los cinco litau son cinco estrellas que gravitan alrededor de La Semilla Negra, y la Semilla Negra tratará de absorberlos incesantemente, atrayéndolos de todas las maneras posibles, penetrando sus pensamientos, tensando estas sogas anudadas en torno a sus gargantas hasta causar un sufrimiento indescriptible, para partir el sigillum, para romper el equilibrio, porque la Semilla Negra es el caos, y su trabajo, señor Faber, el destino que eligió para usted el hombre que le entregó ese anillo, es el de organizarlo y decodificarlo para que pueda ser leído."

Mi destino, el que el señor Cueva había elegido para mí, estaba marcado sobre los destellos plomizos de aquella piedra extraterrestre, y deseé que tuviera sentido, lo que Pumapatoi Lawa, sacerdote de Kusau, me estaba explicando, y que el viaje desde Madrid hasta aquel instante en las montañas de Luzón hubiese ocurrido, que aquellos monjes custodios de Kusau, el rebaño de Pumapatoi Lawa, estuviesen luchando en aquel mismo momento, a tan solo unos metros de mí, contra la atracción de la roca, custodiando la Semilla Negra, vinculando su pensamiento con el de otro mundo antiguo y remoto, protegiéndonos del caos que contenía, porque todo era demasiado real y temía haber perdido la cabeza, haberme olvidado de mí mismo para siempre en la bruma verde de la absenta en el Rey Sapo, y me aterrorizaba pensar que quizá no hubiese llegado a abandonar aquella noche. Y me aferré a aquel absurdo con todas las fuerzas porque era lo único que tenía, porque Lawa y la Reina de Siam quizá tuviesen razón y nada de lo que contemplamos sea cierto y la única manera de ver sea cerrar los ojos para traspasar las barreras del sueño.

"Ph'nglui mglw'nafh Cthulhu R'lyeh wgah'nagl fhtagn"

"Suponiendo que todo lo que me está contando sea cierto, señor Lawa, ¿cómo podré acercarme a la roca sin perecer?"

Sonrió maliciosamente.

"Me temo que eso lo averiguaremos cuando lo haya intentado… En el peor de los casos, si llegase a enloquecer, nunca sabrá que lo ha hecho, de modo que supongo que no tiene de qué preocuparse. Morir como un demente no es la peor manera de morir," escudriñó el cielo, que empezaba a oscurecer. "Mire, la luna ya se ha interpuesto entre la tierra y el sol… Comienza lo que ustedes llaman Luna Nueva, el inicio de un nuevo ciclo y el momento de renovar el círculo, aunque creo que esta noche no será necesario hacerlo…"

La llamada de los tambores retumbó por detrás de nosotros, desde más allá de aquellas casas deshabitadas del poblado.

"Tam… Tam… Tam… Tam… Tam… Tam…"

"Y usted, señor Faber… ¿Qué es lo que usted cree?"

Y el señor Lawa se echó a reír.

"…Tam… Tam… Tam… Tam… Tam… Tam."

Noté que algo había empezado a moverse bajo su piel. Un temblor la recorrió desde dentro y las minúsculas líneas que componían sus tatuajes se estremecieron y se sacudieron como lombrices, cambiando de forma y desapareciendo para reaparecer en cualquier otra parte de la epidermis burbujeante de Lawa, y, entonces, aquellas cicatrices oscuras comenzaron a recomponerse y a concentrarse alrededor de pequeñas ampollas que emergían a lo largo de todo su cuerpo, creciendo y estirando de la piel hacia fuera para transformarse en tumores, rasgándola y emergiendo como apéndices blandos y oscilantes que envilecían el anochecer. Cuando Lawa levantó el brazo para señalarme el camino hacia la roca, sus dedos ya se habían convertido en tentáculos atroces, y donde habían estado sus ojos, su boca, ahora no había más que un espantoso orificio negro colmado de dientes afilados y repugnantes glándulas biliosas…

"¡¡¡Ssssssccccccrrrrrreeeeeeeeeeeettttttttttcccccccccc cccccchhhhhh!!!"

Caí de lado y gateé para alejarme de aquella aberración en la que Lawa se estaba transformando. Lo que había sido su cuerpo se agitaba bajo el peso de un sinnúmero de tentáculos que temblaban en el aire como un escalofrío, aullando como recién nacidos y derramándose como llamas de pulpa blanca sobre la hierba evanescente de aquel santuario. Me giré sobre la espalda y logré levantarme. Los márgenes blancos del círculo mágico estaban a pocos pasos y aquella mancha tumefacta ya había alcanzado todas las paredes del hexágono y sus brazos invertebrados trepidaban cada vez más cerca de mí. No tenía otra posibilidad… Salté dentro del círculo.

Miré hacia atrás. Lawa ya no estaba allí.

4

Un desierto de roca negra se extendía a mi alrededor y hasta el final del horizonte. En el cielo, dos enormes lunas negras salpicaban el círculo de una tenue luz azul que relumbraba como un incendio en las pupilas de los cinco custodios. El silencio era tan intenso que podía oír con claridad la vibración de las cinco sogas, la música macabra de aquel pentagrama que estrangulaba las cinco gargantas que ansiaba arrastrar hacia la columna. Me coloqué entre dos de los litau arrodillados frente a la roca, los músculos de sus brazos cayendo rígidos a los costados, las palmas de las manos abiertas sobre la superficie negra. Las líneas y los puntos de sus tatuajes se agitaban entre grumos y marcas de sangre seca, desapareciendo para renacer de otras maneras en otros lugares como lo habían hecho los de Lawa, sus rostros abismados como los de dos autómatas que solo fuesen capaces de mover los labios…

"…Ph'nglui mglw'nafh Cthulhu R'lyeh wgah'nagl fhtagn"

"Ph'nglui mglw'nafh Cthulhu R'lyeh wgah'nagl fhtagn…"

Di un paso hacia delante y, en seguida, un viento helado se lanzó contra mí. Giré la cabeza instintivamente. Los custodios ya no estaban a mi lado, pero aún podía ver las sogas, así que me volví y los vi a lo lejos, ahorcados al final de aquellos cinco cordones umbilicales, diminutos y brillantes como cinco estrellas, y el latido de las cinco cuerdas me trajo su sufrimiento como un estallido eléctrico y escuché todos sus gritos, los aullidos de mil generaciones de custodios, y sentí su dolor y el miedo que había alimentado el corazón de la Semilla Negra durante siglos, y conocí la memoria de todo aquel tiempo y experimenté los tormentos inconcebibles del adiestramiento, los cortes y las quemaduras y la soledad de aquellos niños, los golpes y la oscuridad de las jaulas, el hambre y la sed, el sabor ácido de la carne humana, y contemplé el terror del pensamiento que gobierna nuestro sueño desde los dos extremos del tiempo y sentí un escalofrío mórbido que reptaba sobre mi espalda y hasta mi garganta y empezaba a rodearla, me eché las manos al cuello y clavé los dedos sobre aquella pulpa babosa que apretaba y apretaba y apretaba convertida en una soga. Caí sobre mis rodillas, no era capaz de respirar, me ahogaba… Y entonces, una mano blanquísima de dedos largos y ligeros surgió desde la oscuridad.

"Ven, dame la mano, deja que te ayude… Yo te acompañaré hasta la roca," dijo el hada verde.

Desesperado, tan asustado, solté la carne viscosa de aquella soga y alargué el brazo.

El hada tiró de mí.

5

Juntos, el hada verde y yo, nadamos sobre el fondo marino hacia la columna de marfil que penetra el abismo más profundo del Infierno, donde las aguas del mar que una vez rodearon el armario ya se han teñido del mismo color escarlata que desciende desde las montañas de Diwata. Los cadáveres uniformados de los soldados siguen cayendo al océano desde un cielo amoratado que solo puedo vislumbrar desde aquí abajo, y cada vez que un cuerpo entra en el agua, el mar se conmueve y sonríe, cuando cae Biel Martí y cuando cae Boris Stoyanova, cuando caen Harrar y Ribaya, y los niños y los viejos de Manila, y los de Diwata, cubiertos de barro, semillas de polen flotando a la deriva en busca de flores muertas.

Hay cinco estrellas en este infierno, y las cinco bailan a nuestro alrededor recitando los nombres de todos los muertos, y el mar recibe cada uno de los nombres y, complacido, sonríe y sonríe y sonríe y sonríe y sonríe, y de cada una de estas cinco estrellas emerge una luz que asciende hasta la superficie, y al final de cada luz, el reflejo de una sombra sobre el cielo al otro lado, cinco estrellas, cinco sogas, cinco ahorcados, y en su centro una columna, y sobre la columna, una semilla negra.

"No lo mires…" me previene el hada. "Cuando estemos frente al pensamiento que descansa en esta fosa, no te atrevas a contemplarlo…"

Y reconozco la voz de mi madre, ahora la

recuerdo, la voz de Ángela, su risa de cristal cualquier mañana y sus manos blanquísimas, sus dedos largos y ligeros que tanto le gustaba pasar por mi pelo, sus ojos verdes, como los míos, la dulzura infinita de sus hasta mañana. La había olvidado, pero este mar me la ha devuelto y no quiero que vuelva a marcharse.

La luz que emiten las cinco estrellas es ya muy débil cuando traspasamos las puertas de la última grieta. La columna, el monolito que esta tiniebla protege, se alza al fin frente a nosotros, pero, aunque nado con todas mis fuerzas, me cuesta llegar hasta ella y hasta la roca. No puedo respirar, la desolación que habita este destierro es tan sofocante que siento que mi corazón va a estallar.

Aprieto mi mano contra la tuya y la retiro al instante. Tus dedos se pudren entre los míos, la oscuridad los está descomponiendo, tu piel se ha arrugado y se ha cubierto de úlceras y tu boca es ya solo una herida, tu cabello se ha deshecho y el color de tus ojos no existe y ya ni siquiera recuerdo tu nombre.

Hago un último esfuerzo y braceo furioso hacia abajo, hacia la base de la columna, y los signos incognoscibles que se cruzan sobre las marcas de tiempo y espacio que envuelven la roca pronuncian mi nombre, y yo grito, "callad, estáis equivocados, pero es que no me veis, yo no estoy muerto…" y cuando toco la roca y la rodeo con las manos y la tomo entre los dedos y arranco la Semilla Negra, la tierra sangra, y entonces escucho cómo repta detrás de mí como una alucinación, el latido blasfemo del terror más sagrado.

Me giro y levanto los ojos.

6

"Es hora de que se levante, señor Faber, se está haciendo tarde…"

Desperté tendido sobre una estera de palma en el suelo. Lawa sonreía con gesto de satisfacción desde la puerta de la cabaña.

"Ya lo ve, lo ha logrado," dijo mostrándome una vetusta caja de madera colocada entre mis tobillos.

Me incorporé y le devolví una mirada de perplejidad.

"La roca, la Semilla Negra... Está ahí, usted mismo la depositó en esa caja. Nadie más podría haberlo hecho."

Y entonces lo recordé todo, los custodios arrodillados alrededor de la columna, su miedo y el dolor que guardaba de la roca, mi entrada en el océano y las manos del hada verde y las manos de mi madre, los ojos que me acecharon en aquella gruta; las cinco sogas solitarias tendidas sobre la hierba. Inmediatamente, me fijé en la forma de sus tatuajes. Lawa lo advirtió y se echó a reír.

"¡Ah! ¡No imagina cuánto lo siento!, pero qué podía decirle, cómo prevenirle…" Lawa cruzó los brazos y descansó el hombro contra el cerco de la puerta. "Es inevitable que, cuando dos planos se tocan o se superponen, y aunque solamente sea durante un instante, sus dos realidades muten o se confundan… La Semilla Negra, sin ir más lejos, es la consecuencia de uno de estos… milagros. Hasta ahora, señor Faber, solo hemos sido capaces de predecir estos momentos, de conocer algunas de sus pautas, pero nuestro objetivo, el suyo, es el de aprender a crearlos o desencadenarlos…" Recuperó su posición en el centro de la entrada y dio dos palmadas. "Pero todo esto es el futuro, señor Faber, ahora debe acompañarme. Vístase, le espero fuera. Traiga la caja con usted, no va a necesitar nada más."

"Pau y Rodrigo… ¿Dónde están?" pregunté.

"Nos están esperando, hace horas que están despiertos."

7

Seguí a Lawa a través de los callejones de Kusau, y a diferencia de aquella última tarde, varias personas salieron a la calle para observarnos, y en sus miradas no había rastro de aquel desprecio del día anterior, sino que, al contrario, me pareció que seguían nuestro recorrido con sorprendentes ademanes de agradecimiento o de admiración. Abandonamos Kusau a través de un pasillo subterráneo que se abría en la sala principal de una de aquellas cabañas abandonadas en los márgenes de la aldea y que desembocaba pocos metros más allá, en un camino de arena que terminaba en una segunda empalizada.

El sol brillaba con fuerza y me deslumbraba, pero pude distinguir un pequeño grupo de personas que nos esperaban entre varios postes o árboles pequeños repartidos frente al portón de la valla.

Primero reconocí a Pau, atado a uno de aquellos postes. Respiraba, pero había perdido el conocimiento y su cabeza colgaba hacia un lado. Su cuerpo estaba completamente bañado de sangre, cubierto de heridas terribles. Cuando me acerqué, tuve que echarme la mano a la boca. Su pierna derecha estaba siendo descarnada y podía ver parte de su fémur, había marcas de mordiscos sobre su estómago, cortes y desgarraduras en los costados. Pau, lo estaban devorando vivo… Aturdido, a punto de desvanecerme, miré a mi alrededor, el sol lanzaba reflejos dorados sobre todos aquellos postes, llameando sobre los cuerpos desollados de los espectros atrapados en sus maderas, y los niños de brillantes bocas rojas masticaban y desmenuzaban y reían y jugaban a perseguirse entre los árboles muertos de aquel bosque de los malditos.

"Ya lo ve, ellos han preferido quedarse, señor Faber… Pero a usted lo espera un barco en Cavite, y no debería retrasar su partida," dijo Lawa, impasible.

Coloqué una mano sobre la frente y cubrí los ojos

para poder ver con claridad. Un puñado de sombras rodeaba a Lawa. Mi amigo era una de aquellas sombras.

"¡Rodrigo!"

No contestó, él también debía estar conmocionado, intoxicado, quizá.

"Rodrigo..." insistí, y me precipité corriendo hacia él.

Aparté de un empellón a uno de los indios que lo sujetaban. El otro lo soltó elevando las manos y se retiró dando un paso atrás. Lo llamé una tercera vez, lo zarandeé, levanté su cabeza y acaricié sus mejillas, sus ojos, pero no conseguí más que una mirada desierta que no era la suya.

"Rodrigo, maldita sea..."

"No se moleste," dijo Lawa. "No puede oírle, y, en cualquier caso, le repito que el señor Vinoya ha decidido quedarse. Él mismo lo dijo ayer, mientras comíamos, aunque supongo que no le prestó atención, como no lo ha hecho nunca... Esta es su isla, y su nombre y su sangre pertenecen a la isla; déjelo en paz, señor Faber, usted ya no es su dueño, el señor Vinoya ha dejado de ser su chino..." Lawa dejó escapar una sonrisa socarrona. "En cuanto al señor Martí, él sí tuvo la oportunidad de escribir su fortuna, él sí llegó voluntariamente hasta esta isla para luchar y reclamar una tierra que nunca le había pertenecido, y, como ve, la isla ha vencido."

"¿Su dueño? ¿Pero de qué diablos está hablando? ¡Usted no es más que un monstruo, un asqueroso hijo de puta!" grité entre lágrimas.

"Oh, no haga eso, señor Faber, se lo ruego… No pierda el decoro de esta manera," dijo con un gesto de disgusto. "Váyase ahora mismo, camine al encuentro de su afortunado destino. Usted dejó de ser libre en el mismo momento en el que aceptó ese anillo, de modo que cuide del contenido de esta caja y entrégueselo al hombre que lo espera en Madrid. No voy a perder más tiempo con usted, hoy tomará el vapor hasta Barcelona y, desde allí, un tren hacia Madrid," me entregó una cartera de terciopelo azul. "Tome… Aquí tiene el pasaje, sus documentos, un poco de dinero. No tendrá que preocuparse por nada, todo está organizado de manera que no haya contratiempos ni en el embarque, ni en el desembarco en España. Dos hombres le acompañarán hasta Cavite. Ahora, márchese."

Se giró inmediatamente. Agarró a Rodrigo por el brazo, y los dos caminaron lentamente de regreso hasta Kusau. Y sobre aquel crujido sordo de los pasos que los alejaban de mí y sobre aquella ausencia que nos separaba, escuché un último susurro.

"Louretta…" suspiró Rodrigo.

NUEVE

1

Ignoro qué ha sido de él, de Rodrigo, y jamás habré de saberlo. Ahora forma parte de aquella isla y de la maldición de su sangre, y su alma, como la mía, gira cautiva alrededor de la voluntad que duerme soñando eternamente bajo el océano, dos estrellas atrapadas para siempre entre los reflejos del espejo mágico de una taberna de Singapur.

Atravieso el mar como el único custodio de la Semilla Negra, el último litau, y mi destino viaja conmigo encerrado en una caja de madera. Llegaré a Madrid y buscaré al señor Cueva o él me encontrará a mí, y entonces abriremos esta caja y abriremos los libros y él me enseñará cómo leerlos, y aprenderé a ser supersticioso y a traducir los sueños y a interpretar y a deformar los pensamientos, y un día sabré cómo abrir todos los sellos y cómo pronunciar todas las palabras, y, al fin, cerraré los ojos y contemplaré el tiempo y el espacio que se ocultan más allá de los eones.

't's Ok'